女神

王蒙　陈布文　著

四川文艺出版社

图书在版编目（CIP）数据

女神 / 王蒙著. — 2版. — 成都：四川文艺出版
社, 2019.3
ISBN 978-7-5411-5270-2

Ⅰ.①女… Ⅱ.①王… Ⅲ.①中篇小说－小说集－中
国－当代②短篇小说－小说集－中国－当代 Ⅳ.①I247.7

中国版本图书馆CIP数据核字（2019）第026718号

NÜSHEN
女 神

王 蒙　陈布文　著

特约策划　景 琳
责任编辑　燕啸波　周 轶
封面设计　叶 茂
内文设计　史小燕
责任校对　王 冉

出版发行　四川文艺出版社（成都市槐树街2号）
网　址　www.scwys.com
电　话　028-86259285（发行部）　028-86259303（编辑部）
传　真　028-86259306

邮购地址　成都市槐树街2号四川文艺出版社邮购部　610031
排　版　四川最近文化传播有限公司
印　刷　三河市华东印刷有限公司
成品尺寸　140mm×203mm　　开　本　32开
印　张　6.25　　　　　　　字　数　100千
版　次　2019年3月第二版　印　次　2019年3月第一次印刷
书　号　ISBN 978-7-5411-5270-2
定　价　45.00元

女　神

陈布文（摄于 1956 年）

陈布文（摄于 1974 年）

1956年陈布文全家合影
（前排左起：陈布文，寥寥，张仃，张大伟，后排左起：张郎郎，陈乔乔）

左起：陈布文外甥媳妇、陈布文、陈树玉（陈布文大姐）、张寥寥
（摄于1957年）

祥仝：

我之写信，无非是诉衷肠，你不必回信，我也不对你所問的有任何认识，而且我对你事人已秘扔放心了。—沉着心上革，命亭了这比打九八十一更为的假佛，我当为你了有可慰了，结似，你的学习不够好，还，才慢，但已可以放心些轻度了，我希望你的体什，不是还革高。

我们在快学、健康、而且法诗高、们、不只在智利上，而且在体质上，而且在情情上，都大大的习斗着久。

回过头事看了，不是有劲坟都老一上失之革开了，战事事事将革，对于事子事沈，而料萬强。面、的时候，我希佩眼你的是，你到似很慢进行折弟高，什么也勃的不过你的眼利生布，到到心面，你都不觖一样，绝不委虑我不著于之代，我仍以为志得这习力理强。其实是没有。正为科学字，要奋月的用劲影了。

某在王诸的革有眼睡以特况下，悚以一定造，也就比科些都巧奇，如生 笙笙生会生多。

却说中秋节。

我日在城地大圣统的母佛，事将素了，似世撑之他那了一样，地是对，圣他也走了，大差没有复物坐吐，走没有圣大村下希刊我，这将使他行事以透感啊！

晚上，我走坐炕了一支艾，关我以皮发，防防万圣地一，钨了肌个什么人，至少也把读他的有种以事。

敌佐母诏研究了天，天上阴宝童重，防以沈"这天怪，名天很晴，今年又名伶月亮了，心了下半夜一定会出买。——"我一回交，一边可王倓爱的报告，好王爹将业其见砌事很累，已经睡下了，生生识，还没看朋光洸。我可爬起来，穷力眼了，又打开音灯，有月志上以捕领以革，老点至生营上，根溏以期僅以落以回陇。——我的向，世我想出莱，世布他的信犹把以佳倘以，这么常雨石言。——手生到沈对地沈，计到生地以儿子，认我们捉我，读不尖咱们一定欢笑了希世他快善书；对化以如占沈，俊肥快恢复功休。

陈布文手稿　给丈夫张仃的信

陈布文 1972 年的一封家书

陈布文书法：望家乡归云

目 录

女 神

王蒙

一

在我年轻的时候，认为最美好的地方是陆地上波光摇曳、喁喁软语的湖泊。而全世界最美丽的湖水当然只能是北海公园太液池：金鳌玉蝀、琼岛春阴、藏式白塔、永安与陟山石桥、蓬莱、瀛洲、方丈仙山、漪澜堂、五爪树、流苏树、小小游船，如诗如画，如"让我们荡起双桨"、"看我们的辫子迎风摆"，如——不仅是如，它就是我少年时代观止醉止的天堂。我那时候想的是，北京为什么好？因为北京有北海公园。

那时候北海远没有太多的游客，特别是老年游客，那时候除了国民党谁都不老，或许是等不到老就死光了。而现在到处是老人，首先是我自己，我已经真的有点老啦。现在一进公园，成百上千的老人在那里玩我们这儿独有的太极柔力球，曲曲弯弯，黏黏糊糊，样子似网球也像羽毛球，我们的老人玩起来得心应手，绕指缠身，小德或者小威，李宗伟或者林丹，见到这样的游戏说不准会晕倒在地。

从前我很年轻，见到的到处都是年轻。北海属于青年。我们在北海公园组织团日，新民主主义青年团的团员们合唱"年轻人，火热的心"、"听吧，战斗的号角发出警报，穿好军装，拿起武器"，朗诵艾青、马雅可夫斯基、闻捷，还有土耳其革命作家希克梅特与智利诗人聂鲁达、巴西诗人亚玛多。后来才知道了苏联的特瓦尔陀夫斯基与叶甫图申科。

八年后出现了另一个长大了、受到锻炼了的王某。度过了约与"七七事变"到二战结束同样长时间，我与新疆乌鲁木齐——伊犁公路上迎面呼啸而来的三台海子——赛里木湖撞了个正着。后来我计算了好久，才确知赛里木湖面积大约是北海太液池面积的一万倍。我追求在我的小说新作里对二者水域之比宣示一个精准的说法。我的生活、狠心、视野与承受包容能力以万倍规模扩充。一九六五年四月迎面驶来的赛里木湖使到新疆刚刚一年的王某蓦地一惊，大喜过望，为新的辽阔天地而自傲，为新的困难提供的新可能而欢呼。海拔两千多米，人烟稀少，见得着的只有两三户哈萨克牧民毡房和个把护林人的俄罗斯式刷漆木屋。在满山的云杉林与挡雪挡畜栅栏下面，一个蓝得使人落泪、大得使人咇蹦、静得使人朦胧、空得使人羽化而登仙至少是鱼化而入水的高山咸水大湖，它正在改变王某的生活与世界观，改变当时习惯于羞羞答答地自谦为城市"小"资产阶级的一个叽叽喳喳的甜里带酸的鸟儿，改变斯人的神经末梢感觉与梦。

　　然后许多的并不像王写到诗里去的"日子"的日子过去了，王已经不再吸烟，王写作发表了许多字儿与许多篇页，王羞愧万分地无地自容地拥有了一串头衔，也引起了一些闲言碎语，王三十七年前已被高级领导称为"老作家"。但那个时候王的浓密的头发当中一根白的也没有。后来该匆匆的当然匆匆，该迟迟的依然迟迟。后来王比较正常地过日子了，一九九六年盛夏初秋，出访德国马克思出生地特里尔并在大学讲演后，访奥地利维也纳参加论坛前，来瑞士联邦，途中小憩，到了日内瓦湖边。

　　日内瓦湖在法国和本地这边叫作莱芒湖。它的面积五百八十平方公里，它四面是阿尔卑斯山系丘陵。来自德国莱茵河，去向法国，海拔三百七十二米，但是它的一千英尺还多的水深是赛里木湖水深的数倍。最主要的，它是欧洲瑞、法、德三国的湖，它周边一系列美丽精致的小镇，它水面上是黑色白色的天鹅与它们的孩子灰不溜秋的丑小鸭。它尤其是著名的国际大都市日内瓦的湖，日内瓦有联合国的二十几个机构在此，还有一战后国际联盟用过的万国宫，一九五四年初登世界舞台的中华人民共和国总理周恩来与莫洛托夫、杜勒斯、艾登、范文同、南日……在这里举行了日内瓦会议，总理宴请过卓别林。在另侧的湖畔，有爱因斯坦、埃德加·斯诺的故居与好几个卓别林雕像。这里还云集了最好的手表品牌劳力士、IWC能工巧匠，化妆品蒂芳妮、巴黎恋人、尚天猫香水与瑞士莲巧克力的气味与湖水的清凉微腥气息。它是人、湖、欧洲、地球故事的大满贯。

而赛里木湖是天湖天和，是抓到手里就排列好了的"清一色"与"一条龙"。是雪山与枞树林、野苹果与哈熊，它是中国新疆北部的一条主要国家公路的湖。上世纪末它才引进了鳟鱼。最近，它的旅游活动才发动与发达起来了。开发赛里木湖的说法使一些关心环境的人忧心忡忡。

二

那是一个迷人的下午，美好得让你昏昏欲睡。早晨我与妻沉浸在"她是瑞士？""她是诺富特伯尔尼展览会酒店？"的把摸不定的微醺里。

好像在一次倒凤颠鸾的酣畅以后不敢相信自己的好运。吃完了半生不熟的煎蛋和冷牛奶泡干果与果干以后，我们晕晕乎乎到了瑞士首都伯尔尼附近天崩地裂的"响泉"。那断然的山势，愤然的流水，凛然的浪涛、雷霆，毅然的出击与威严宣告……我们禁不住需要寻求一个答案：它是不是中立却绝不温柔？加上它的世界驰名的军刀，它很阳刚。它为法皇路易十六提供的雇佣军卫队，全部尽职战死。

午饭后到达洛桑。是不是一座懒洋洋的城市？呵，今天星期六，著名的奥林匹克博物馆静谧悄悄，锁闭严严。

有雕塑，它们健康、青春、竞技、狂飙而且性感；而洛桑市民却是轻柔的与无声的。几个少年在博物馆前玩蹦床与滑轮。他们像青蛙、像鸟、像猿，像奏鸣曲与回旋曲。城市是太静了。我们那里从来没有这样安静的城市，我们生活在一个吵吵闹闹的地方。我意识到美妙得意的欧洲之旅前自己忘记了与那位热心干练的世界公民作家大姐取得联系。本来，洛桑是韩素音女士常住的地方，她的永久通讯地址是在洛桑。她不止一次受到周恩来总理的接见，直到周总理去了，一切变了，她对故国的祝福不变。

这样我们就提早告别寂寂洛桑，到达著名的日内瓦，它的名称充满了历史，到这里以后我又想起了随总理来参加那次旷日持久的会谈的张闻天、王稼祥、李克农，还有法国后来换来的戴高乐派富尔与美国代团长史密斯。我在这里的日程多出了一个多小时空闲。难得浮生半日，而且是闲在神话般的日内瓦。晚饭后在这里，有一项官方庆祝演出要参加，现在正好也只能在日内瓦湖边闲逛。我们将有足够的虚静，无主题地享受城市与湖的端庄清秀。

我在游人大长椅上缓缓坐下。我在湖西南面看着对岸方方正正、大大方方的六层楼房，还有纷纷国旗、市旗、州旗。他们很喜欢自己的正方形红底白十字架国旗。与旗一样多的是游艇、快艇与帆船。还有那夸张的直射云天一百四十米的人造喷泉。因大压力而直喷上去的钢筋式水柱似乎分开了几个节点，似乎是你顶着我、我顶着他地接力攀登。而当水从最高处坠落下来的时候，被湖面的风吹成一角狭长的扇面，与钢筋形成一个三角形斜塔。距湖不远的另一把游客椅上坐着一位身穿灰色短外衣的老妇人，她的衣服与背影使我觉得雅致与亲切。她面对湖水，只是在脸部转动的时候，时而让我看到她的左半或者右半个脸庞。她的清秀与文静，我是说素养，令我惊叹。她右手拿着一个淡黄色飞盘，想起来就把飞盘旋转抛掷出去，一条哈士奇——西伯利亚雪橇犬，飞跃追跟，不等飞盘落下，跃起从空中叼盘飞奔归来。抛起的物品，从升高到下降，有一刹那是停留在空中的。我觉得有趣。犬很潇洒，人很老到，湖很安宁，动作若实若虚，盘子若圆若扁，两次抛出时间相隔或急迫或徐缓，旋转若均匀若突然颠簸打破，飞行路线或直或曲，飞行速度快快慢慢，狗嘴若凶猛若轻松适意，一切都是不固定也不准确的。我陶醉在盘子飞行所形成的线条里。我等待着每一次抛出与每一次反转，我始终非早即迟，非快即慢，不是等得发急就是没有等到集中起注意力来已经被飞盘甩过去了，乃至忘记了本来要的是看什么。

后来我自己也不理解为什么我的全部注意力集中在灰衣妇人与她的飞盘与雪橇犬而不是被称为世界奇观的高高的喷泉上。差不多一个小时。温暖的阳光照得我发困发呆。我坚信幸福使人呆困或者是呆困给人幸福。到达瑞士已经超过二十四小时，没有好好地听响泉，没有好好地吃热狗，没有好好看青年男女的蹦床翻腾，没有好好看山水与世界著名都市。我没有想清楚为什么这里是确凿的日内瓦而绝对不会是平壤或者张家口，其实平壤的大同江面也有更热闹的会唱歌跳舞的一组喷泉。我只是看着灰色套装、女人、一条同样身材上佳的好狗，湖水对我这个远道而来的中国客人给予安慰的催眠。

隐约中我戴上了罗马帝国恺撒大帝军团的帽盔，金属的反光令我晕眩。我已经无法判断是不是继续披挂上了恺撒军团的铠甲。我是不是要睡着了呢？我是不是瞬间深沉堕入了梦乡，六十岁以后我已经有了瞬间入梦的福气，新疆农民告诉我，老马就是这样睡的，进入梦乡，几秒钟后回到现实。出国旅行，对于我最重要的就是睡眠，年过六十，你想不清是不是旅行是为了好好睡眠，或者是睡眠好是为了旅行。我必须承认到达苏黎世或者巴黎、因斯布鲁克或者西西里，我首要地重视的不是参观谈话而是睡眠。游客不会缺少饮食与见闻、趣味与抱怨，我们也日益不缺少美元与瑞士法郎，还有与西方朋友的意识形态切磋。我们缺觉。我爱睡眠，我更爱半睡半醒，出入于睡眠与清醒间的那两个大厅的过道与抻拉门，一分钟往返五十次。我要溶化，我要溶化，就在这儿，我溶化了。

　　我一下子矮了下来。我一下子膨胀了老大老高，我在干什么，我在飞翔，我在升起，我在寻找，我在迎接。我如龙如蛇如电。我接到了，我抓住了，不，是我咬住了一枚淡黄色的，也许是淡绿淡紫或者淡红色的飞盘，过渡着转移着舞蹈着挥洒着消散着。我欢蹦乱跳地跑到了主人腿边，我成功得像飞马脖子上的一缕鬃毛，我快乐得像一组肥皂泡，我幸福得像森林与湖畔会说话的风，我流畅得像怀素和尚的狂草运笔，像乐队指挥上下翻腾而且点点戳戳的木棒，我自由得像小提琴曲音符，我强烈得像少年男女的拥抱与出入。真好笑，我做了一个多么古怪的梦，我坚信我是少有的小说人，你做一个这样的梦试试，如男，如女，如神，如狗，如龙蛇鱼兔，如云烟水雾。现在的号称作家的中外人士当中，有谁有能力获得一个类似的文学主体？我的特点是梦里保持着虚构的清醒与思维，而在清醒的主体意识中随时可以跳进梦的河流与星空，哪怕深渊。

那么有希望回到二十年前的蝴蝶躯壳里。二十来年过去了，我找到了雨点般多的故事，像德国民歌《罗瑞莱》中唱的。然后我醒了过来，我想我也许没有成功。这时有几名瑞士人打着"藏独"、"雪山狮子"旗吵吵闹闹，大呼小叫，从身旁走过。他们并不是藏族人，他们也不太像瑞士本地人，他们是为了抗议晚间的集会而来到这边的。我莫名其妙地站立了起来，看到灰衣、飞盘与狗，正在离去。我看到了它们的主人，那个个子不高的女子的脸孔，她有一张东方女人的脸，她的眼窝不像多数欧洲人那样深邃与拉长。她眼睛不大，但左右两只眼拉开了一点距离，她双目的布局舒展、开阔而且英武，她的目光却是谦和与内敛的。她的下巴微带嘲弄地稍稍翘起，她的身材无与伦比。她走过我轻盈如云朵，没等我回过神来她已经走远，但是我确信，她走过我时飞快地看了我一眼。而且，她认得我。

我相信，如遭电光石火，心头一闪，没有任何理由地，因此是绝对地，没有根据、即无厘头地，因此是无条件与不需要举证地相信：她就是你。

三

　　前提是这篇作品中的我当真是"我"的一半多，而"她"是"你"的一多半。所以我愿意称这部作品是非虚构（non-fiction）小说，说不定我们的同胞宁愿将它视作报告文学。不在意文学的人更在意文体。

　　非虚构，也就是说六十年前我的体重五十三公斤，每天读诗和写诗，大段背诵契诃夫戏剧《樱桃园》中安妮亚与《万尼亚舅舅》中万尼亚的台词，读巴尔扎克《人间喜剧》动辄失魂落魄到深夜，仍然不明白他老人家为什么将"悲剧"命名"喜剧"。用五角钱一张炭质唱片听柴可夫斯基与司美塔那的时候关闭所有电灯，并为此受到党组织生活会议上的批评帮助。后来沉迷于文学写作，疯疯傻傻，造成了作为干部如今被鬼迷心窍地称为仕途的彻底负面影响。然后我体会了许多大作家的内心焦灼，连担任过夏伯阳的政委的富尔曼诺夫也在日记上说，他写夏伯阳的书快要完成时，自己可能成功而誉满全球的念头令他发疯。我不明白这样的"一本书主义"议论怎么可能不受到粉碎性批判。他们的回忆录令我潸然泪下……很快我的一篇作品引起轰动，远在牛气冲天的自我期待之前。

一九五七年春，两个月前我在最辉煌的文学刊物上读到了半个世纪后日内瓦湖边突然想念起来的你的小说。你写得熟练大气、举重若轻、得心应手，优雅然而不免——说不清为什么，我觉察到了你心灵上的一点似乎可以叫作高处不胜寒的憔悴。你写一个假日，写假日休息与个人家庭生活的被剥夺，写本来可以不剥夺的人的一点小小的愿望的任意失落，写一对夫妻和另一对小夫妻。另一对小夫妻好像是此对夫妻身后的影子，这影子逐渐缩小和黯淡。你显然很熟悉高大上生活，高大上机关单位，高大上口号与道理，还有高大上冲浪中的渺小悲欢，如一艘巨轮边的巨浪中跌跌撞撞的小鱼。你文气浩然，信手拈来，胸有成竹，琳琅满目。你的小说人物渺小卑微，亲切如烧饼油条、女人发卡手绢、买烤白薯找回的零钱。喜欢它们却又为之鼻酸。

我也喜欢你的另一篇小说与你对于朗诵诗的见解，

五十多年前你已经反对与抨击那种嗷嗷地叫喊的千篇一律、装腔作势的朗诵腔调。而后，这种腔调延伸发展，甚至在我出席七十余年前上过的小学母校秋季始业开学典礼的时候，我从小学生的讲话中，不仅听到了陈词滥调的大人腔八股腔，也听到了嗷嗷叫的朗诵调。

而后过了差不多一年，我的一九五六年秋天发表、其实是春天写就的习作一石激起千层浪，突然引起了惊喜、注意与如临大敌的恐怖。习惯中出现了不习惯，于是有人惊喜莫名，无法习惯那些绝对不应习惯的冒头，于是痛感作者"作"大发了，其灭亡不可避免，自身予以保持距离的声讨、落井下石以获保全乃题中必有之义。突然，峰回路转，东风浩荡，云过天青，转危为安，声如洪钟，歌如潮涌，旗如篝火，合唱齐唱法国号双簧管铙钹齐鸣地共颂"双百"时代隆重降临。

党的机关报纸用一个版刊登了为本人习作与编辑问题召集的座谈会上的全部发言。小小的王某名字出现在大号字副标题里。发言谦虚谨慎善良，不愧是一名小老地下党员和久受教育栽培的青年工作干部，庶几能背诵毛主席《反对自由主义》与刘少奇的《论共产党员的修养》多数段落。第二天我就收到了你的信，那时候人民的邮政服务是多么细腻而且高效啊。我曾把人民的邮递员错误地称为旧社会习用的"邮差"，立即受到了编辑部的帮助改正。历史篇章每一页都在从头开始。

这里要说的是字迹，那时候还不会用"书法"这个双字词，我甚至莫名其妙地疏离"书法"云云，我觉得书法是对于创造力、求新意识、生命力的残酷消磨。我相信的是汉字加专制主义将被民主与拼音文字取代的"进步"观念，这是吕叔湘教授所主张的。我最同情的是被乃父折磨写小楷的贾宝玉。但是你的信封与信笺上的字迹立刻使我爱不释手，如醉如痴，一时间亲切、秀丽、文雅、高傲、自信、清丽、英杰、老练、行云、流水、春花、秋叶、春雨、冬雪、飞燕……各种美名美称美感纷至沓来，我怔在了那里。

你是行书。没有方格却方方正正整齐准确如写在格子里。偶尔突破一下格子束缚，仍然维护着规矩与如皇家近卫军的行伍。它是出格与入格的天然结合。你维护着每一个字的形状，然后充分发挥每个字的方与不方、平衡与不平衡，明显的方块形状与搞不成形状的参差与异态和失态，法度与恣肆。你的笔画与结构雄浑有力，我相信你的手力握千斤，我相信你写字的时候脸上流露着笑容，同时嘴角透露了几分自觉得天独厚的得意。你时而抹出几笔比较粗壮的强健的捺，丰满滋润，而收笔状振奋人心，如骑士"皮靴"，威武温柔典雅。有时也有粗壮的一横。与其说是粗壮不如说是饱满，或者是强悍的温热还有多情多思的赶紧哦。冷与热，方与圆，柔与刚，捆绑与舒畅自由，不逊与平平常常，随随便便与一丝不苟，都流露——不，洋溢出来了。

我为你的并非书法作品的书法所折服，我为你的绝非炫耀的毛笔字的绽放而兴奋，我拿着你的书信快乐地在房间里转圈，我向前走，向后退，向左转又提起了一个脚尖，我觉得自己已经被邀参加北京饭店要不就是克里姆林宫的舞会。我轻轻地旱地拔葱跳了一下……多米骚、米骚多，我得到了这样一封信，有这样的书写润泽我指点我抚摸我与敲击我，写了什么已经是不重要的了。形式会不会有时候超过了内容呢？因为它是有意味的形式。我那时不懂美学原理，然而那时候我为了美愿意献出生命，我的捅娄子的作品，追求的仍然是"为赋新词强说愁"的孩子气的美的梦想。我沉迷于李商隐与王尔德、安徒生与汤显祖、普希金与保尔·艾吕雅不是偶然。

那时候你三十七岁，我二十二岁零七个月。

《女神》

　　你的生活可以说是前紧后松。十七岁结婚与革命。十八岁到达延安，研究鲁迅，写作文学。而后步入领导的高层，从事文秘。三十二岁离开了火热的高层文秘岗位。三十四岁彻底回到家庭，三十六岁又发表了一些作品。三十七岁仍然英姿勃发。然后，你以一去不返的不存在的方式静静地，仍然是热烈地存在着。你永远的三十二至三十七岁。你的写信成为你的真正的清雅与执着。你的孩子郎郎对我说，他可能将来给我一封你写的书信。可以吗？

四

　　为我的小说《组织部新来的青年人》的修改问题召集
座谈会，我的印象是一九五七年七月初的一个周六，那时的
周六不是假日。最妙的是开完座谈会我赶到北京饭店门前，
报名参加了一次周日旅游。从北京饭店门口出发，用一辆捷
克造的所谓"无头"大公交客车，把游客拉到香山，住在香
山饭店，也许不叫香山饭店而是叫什么旅店？客栈？更不像
了。反正那时的香山游客住所不是后来贝聿铭先生设计修建
的现在的著名饭店，而是一套已经颇有历史的中式建筑，平
房大院，绿色为主的油漆门窗，包括木质门窗与纱门纱窗。
院子在香山脚下，一进院子，仍然有油漆味道，同时更美好
的是周围的树木花草的夏季的葱郁的芳香。彼时我与芳结
婚已经四个月，《组织部新来的青年人》的发表，我是在
太原发现的。那时她还在太原工学院（现太原理工大学）读

电机，我到太原去看望她，临走时在火车站所在的五一广场边一个小店吃木须肉并且喝了一杯汾酒。饭后走出来，发现一个邮亭里摆放着新出版的《人民文学》杂志一九五六年九月号，杂志的小说篇目里排第二位，但是仍然是用黑体字突出表现着"组织部新来的青年人"标题与"王蒙"的姓名。我激动地把情况告诉了芳，但是考虑到当时没有带零钱，再说，一回北京，我肯定会得到不止一本赠刊，我竟然没有舍得在太原花六七毛钱买上一本有本人"大作"的新期刊。

开完座谈会到达了香山饭店，吃的饭号称西餐，虽然西得并不地道。饭后有一杯红茶，煎的鸡蛋是一面加热，两片无滋无味的面包，如此而已。仍然兴奋不已，想想自己居然花了二三十块旅游香山，我飘飘然，而且有一种弄不好会搞成脱离无产阶级下场的警觉。果然，七月份已经敲响了反右的战鼓，然后再没有这样的布尔乔亚、小布尔乔亚式的香山旅游了，直到四分之一个世纪之后，中国发生了全面的改革开放。

遗憾的不在于自费旅游甫始即止，我甚至于事后回想起来有些得意，我赶上了一次一闪即逝的城市旅游。我甚至将之比拟作阿·托尔斯泰所写的《苦难的历程》的开头，它描写了一九一七年夏天克里米亚海滨的一批中上层人士的醉生梦死，历史的严峻与雄伟都是小布尔乔亚们做梦也梦不到的。也许小托尔斯泰的作品不是这样写的？那么，仅仅是我所记下的。人们谈论的历史，也许更多的是自己的记忆。

我的遗憾是这个所谓饭店或旅舍号称的游泳池说是坏了，而我当时受父亲与毛主席的影响认为游泳比天还大。我带去了泳裤，那时候还没有男生戴泳帽，更没有人知道嘛叫泳镜。一九五七香山游没有游成泳，是一个失落。

再一个失落或事迹是赶上了大雷雨。我硬性地打起伞来与芳游山，暴雨如注，雷电追身，只是后来，才知道了这种天气里游山的危险，纯是作死。我应该感谢上苍，使我最最早地体会到了旅游的骄傲，夏天的向往，天气的无常，期待的未必实现，转瞬即逝的新鲜经验，危险的电闪雷鸣，追求的乐趣与不过尔尔，还有作而未殆。

这就是青春，小小王某的与大大共和国的青春，还有对此次青春的告别，还有旅游结束后即收到了你的信。

还有此后每次去香山我都想找出一九五七年旅游时住过的地方，找不着，我没有成功，我的每一次访旧差不多都以失败告终。亲友们指出我缺少必要的方向感。也许，初中时我的地理课成绩相对比较不好，平常生活中也不善认路。但是访旧的失败恐怕不是旅人的方向感不善所能说明的。

五

烈烈：我无法把要说的话全写在纸上。

我希望你能感到我与我们对你的始终如一的亲切与关怀。

去年冬与今年春，我曾一再打听轰轰的地址，我想能给远离故乡的少年人一点帮助，哪怕只是精神上的也好，但是未蒙答复。

无论如何，要健康地活着，努力学习，不要被回忆所窒息。

做一个真正刚强的人是不容易得很，但也是可能的。你年纪轻，希望你能像春天一样——它从不将泥泞苦寒的过去（冬）留在自己美丽的土地上，而却使处处开遍了鲜花。

匆匆，语不从心，祝

健康、进步

署名

娘娘与二姑全祝福你。

五月十号

感谢你的儿子给我提供了这封一九八五年信的照片。你的习惯是状语后边应该用"地"的地方仍然用"的"，而"年轻"，你的习惯是写为"年青"。我年轻时候也是这样的，那时候团员一开会就唱"年青人，火热的心"，不是年"轻"人，正字是有一个发展过程的。

这是一封在二〇一六年只能算作是三十一年前的信。收信人是你的侄子，一个侄子叫"轰轰"，一个侄子叫"烈烈"，颇为不俗，有趣也有气势，还有时代特点。那是一个气势夺人的时代。我还看到了你的其他信件，看多了，我感觉到你的字迹如风过草地、鸟飞松林，如浮雕挂毯、湖面涟漪，如花坛芳菲、星光灿烂。也许更恰当的比喻是拉赫曼尼罗夫的《练声曲》，用大提琴演奏起来，从容与平静中包含了那么多情感的挣扎，你挣扎得那样高雅与尊贵。我摇头、点头、拭目与轻轻地叹息。我欣赏而且沉醉，温润而且满足。

至于你给王某俺写的信，是一九五七年，是上面这封信再上溯二十八年所写，也是在计划实现全面小康、消除贫困的二〇二〇年的六十三年前的一封信。那封信应该是在我当时所在单位上级机关的文书档案里，一九五八年前一年的政治运动扫尾中，它应该是被上缴了的吧。你的信让我看见了一张纸上的虚拟太液池，那里的水波要多整齐就有多整齐，要多随意就有多随意，要多美丽就有多自然的美丽。

给我的信大致如下：

王蒙同志：

从报上看到你的发言记录，我很失望。你本来应该把话讲清讲透的，而现在你的发言是多么平和，多么客观，又是多么令人不愉快地老练啊。

我家的电话是×××××。

敬礼！

署名

那个时候的电话是五位数字。那个年代家里装电话是高级干部、革命资历与地位、权力与级别的象征，一般人有多少阿堵物也是不可能在家中安装得了的。我为之平添了几分敬畏。我从北京市东四区团委机关拨通了你的电话，我听到了你的流利、熟谙、成竹在握的气韵与语气，与我设想的革命家、老干部、知识分子、大姐的质素完全一致。我说："BW同志吗？我是王蒙。我收到了您的信……"我才一自报家门，听筒里传来了爽朗响亮的大笑声息，像振响了一个铜钟，叮叮当当，乒乒乓乓喝喝。你清清楚楚地说："王蒙同志呀，现在已经找不到像我这样多事的人啦，哈哈哈，咯咯咯。"当然，我便无话可说，无需要检讨，无必要解释，没有什么可以"说明"。虽然兹后发生的事情"说明"，你比比你年轻十四岁的俺更年轻。你是多么年轻啊！

　　不妨一提的还有：后来看到的三十一年前字迹，写得略有潦草，不难想象的洗澡礼、风雨雷电、社教五敢五气五反三不畏之后，比六十年前那次记忆中的字迹消瘦了，挺拔了，墨也不无窘迫，同时字迹的骨感十分奇绝，如梅如竹如峰如铁。就是说，一九五七年写给俺的那封信，圆润，饱满，酣畅，是你年方三十六的葱茏岁月，美丽年华，肉感与骨感鲜活，如枝如叶如郁金香如玫瑰。那时候

《女神》

你写小说也写评论，那年春天你心情看来不错。如苏联《祖国进行曲》："我们没有见过别的国家，可以这样自由呼吸！"

动荡，稀奇，大潮大浪，大开大阖，天旋地转，高歌猛进，俺们的一辈子超过旁人几辈子，俺们亮相与旋转赶上了冰上芭蕾、公主王子，超越花样游泳。终于静下来。终于来到瑞士日内瓦湖边，于是观看着与狗一起玩飞盘的妇人，想起你。资本主义的优雅女人闲散到这种程度，这是令中国同胞发疯的啊！

联想不合逻辑，所以它是纯正联想，不是电脑品牌。也罢。此后连续几天梦见了你与我的信——书法。此生到了六十多岁才品尝出了书法夺魂的昏迷。梦中，你的毛笔字组合如海面，如鱼跃，如花落遍地，如雨挟冰雹遍打千亩苜蓿田。我在一九六八年，迷失在新疆伊犁一眼望不到头的苜蓿地里了，如舰艇沉浮于太平洋面，大雨倾盆，雷电满天，然后雨停，彩虹当空，前后只用了十三分钟，我已经振聋发聩，醍醐灌顶，生而再生，死而复生，找到了亲爱的维吾尔民族村落袅袅炊烟。我于是难忘你的书法与性格。有梦未圆，有字醇厚强劲。

还有一次听一首小号演奏拉丁情歌，一声一断，一长一短，如鸟鸣，如漫步，如词牌《声声慢》，如敲响五更梆子。我想起的是你的书法，行楷。如果是萨克斯风演奏，出来的就应该是龙蛇草书。

这期间也几次打探过你，问到一些老文艺家革命人。他们明明白白多少回答过我一些言语，总是觉得语焉不详，口齿不清，欲说还休，说了等于没有说。也许他们说过，但是从中我没有找到应有的感觉。

你到底是谁呢？

《女神》

六

就是说，我其实始终没有见过你。

我曾经想象你的形象，当时想到了的是影片《红色娘子军》里祝希娟扮演的吴琼花，后来变成"样板戏"以后更名为吴清华，也想到了东北抗日联军英雄赵一曼。此后中国的革命女权主义，拒绝将女性喻为花朵。我也想到过丁玲和萧红，直到秋瑾直到花木兰、梁红玉。差不多一个甲子以后在网上才看到大姐你的照片，有一种不同寻常的清爽、清纯、大方，尤其是本色，我行我素，道法自然，要多快乐你就有多快乐，要多忧愁你就有多忧愁，然后忘记忧愁，如信所言，像春天，洗去冬天窒息记忆，只知道到处鲜花开放。再说还是那样傲气十足与随随便便。

我想象你应该住在北京东总布胡同一带一个四合院里。那一带居住过一些VIP文艺人士，邵荃麟、严文井、

28

萧殷、臧克家、黄秋耘。你的丈夫ZD是具有延安经历的大艺术家，设计了中华人民共和国国徽，他应该是文艺一级，每月工资三百块钱以上，用现在的感觉来说，几乎是月进五万到十万元人民币。他应该住四合院，他需要超大型画案与画室。国务院总理与北京市长不会忽略。你如果不是文艺二级，那么至少是行政十一级即局级。那时候不要说局级，就是处级也是响当当红火火，曰：物以稀为贵。那时候官员与专家数量估计是当今的许多分之一。他们应该有很好的收入与福利待遇，买得起或分得上私人住宅。而那时的四合院只能卖个几千块钱。你的四合院院落有一百六十平方米，砌着方砖，一条雨廊，靠正房种着四株海棠。都说周总理喜欢海棠，还喜欢马蹄莲。那么你家也应该有室内花盆里养着的马蹄莲。还有一株龙爪槐的吧，像天然的绿伞。而在西厢房前，有一簇细细竹林，那是你的书房，当然，你的书房并不是潇湘馆。书架上有《史记》《李太白集》《苏辛词》，还有托尔斯泰、契诃夫、巴尔扎克、莎士比亚和不知道为什么被许多老解放区的女作家钟爱的法国作家梅里美。例如菡子、萧殷老师对我说过，她特别喜欢写过卡尔曼（卡门）与高龙巴的梅里美。而我当初，不太受得了梅里美写的生离死别、动辄人命关天的强烈与暴力的故事。

后来我知道了，你真正住过的是大雅宝胡同甲二号，中央美院宿舍，画《开国大典》的董希文住在你们的后院。

解放初你是政务院（后改称"国务院"）工作人员，或者称之为周恩来总理身边机要秘书。更早在东北解放区为四野的军政领导做过文秘。原来如此，怪道你的字有一种力度，有一种内功，有一种稳定与大气。一个人写的字能够影响他或她的命运，或者是命运影响着书法，此前我还以为类似的说法未免夸张。你出生在江苏常州，我以为你出身名门，但是你的孩子郎郎说未必，如果很早很早名门过，后来显然也是已经败落。郎郎还说，建国初的二三十年，谁也不愿意回溯自己的非无产阶级上辈，回顾的话必须狗血喷头骂一顿，除非是代代贫雇农，计划安排在忆苦会上流泪控诉。这当然是真的，那时候绝对没有哪个本身其实流里痞气的作家频频卖弄说自己的父尤其是姆妈有贵族风度。如一位异议了好久又回来领退休金的才女所说，某作家的特点是"心比天高，身为下贱"。

父亲看到了女儿的书法天才与秀美伶俐，全力支持女儿读书育才。十七岁上为你订了大户儿郎的亲，你逃婚从家乡来到苏州，被正在筹备的电影厂招到了演员培训班。
而这时的未来大画家ZD关在反省院洗脑。一位地下党的
XY同志被捕后，据称是为了迷惑敌人供出了并非党员的
ZD，使ZD完成了在国民党监狱里深刻革命化的心路历程。
同时在地下党的操持下，你为ZD作保，赢得了ZD的自由与
爱情，你们双双去延安，开始了革命加文艺不凡生涯。

　　终于在我们通电话的五十九年以后看到了手机发来的
你的更多一批照片：这样的大气，骄傲自信而又平和淡
雅，更主要是端庄。肩宽，脸庞舒展。你的鼻子与嘴唇完
美纯正，利索干净，神州第一，无懈可击。穿一件白色棉
布套头衫。略偏方形的脸孔，带一点点五角形或六角形的
热烈与坚强的轮廓，下巴端正圆润完满。你的嘴唇尤其是
下唇温湿而且多情，略略地凸出。你的眼角已经略显沧
桑，而你的嘴唇纯真如少女。天生丽质、自然分开同时饱
含解放区女干部的质朴与高尚简洁的发型，恰到好处。你
的眉毛与眼睛离得近，两边的瞳孔离得远。你的眼眶轮廓
在国人当中看是相当深陷的，只有江南人与异族面孔才有
这样的立体感。你的形象使我立即想起了历史故事中的窅
娘，那是南唐后主大词人李煜的嫔妃。窅字读"咬"作深
远解，我觉得它与另外两个同音字杳和窈可以互文，说的

31

《女神》

是一个人的眼睛眍瞜进去，眼窝子深，组词有睿眇、睿冥、睿然等。据说睿娘是混血儿，所以眼睛和中原人不太一样。

一个人两眼瞳孔的距离也会给我深刻的印象，太近了立刻让我想起"鼠目寸光"的成语，太远了当然也忒像猛兽猛禽。你的两只眼睛是充分拉开了距离的，目光坚定，对不起，有一点较劲，可以想象你具有坚强的性格。你的目光还有一种深邃的思想范儿，肯定读过柏拉图与笛卡儿、《道德经》与《周易》。你会有自己的想法，有自己的倔强。即使从一幅照片上也可以断定你执着在自己的思想里，从不东张西望、贼眉鼠眼，像有些自卑而且犹疑不定的小人。同时你注视着一切，把一切收入眼底，第一是眼里不掺沙子，第二是不目空一切自恋自吹自我表白不已。我知道，有的人看得见乃至看得清自己，更看得见也看得清世界。另外的人或者只看着机会，只看着世界的瑕疵，只看着自己的美妙与背诵能力，只看着他人即是地狱。

你的嘴角微微显露笑意，如果不是悲苦，肯定是一种成熟与审慎的决绝。你敢作敢当，敢哭敢笑敢说。你全身透露着一种随遇而安的高贵，你就是你，用后来深

32

圳青年女作家刘西鸿的小说题目代为表述，叫作"你不可改变我"。

照片上有你的丈夫和你们的六个孩子，后半生，你的主要任务是养育子女，辅佐丈夫，退职为民，不知道是不是真的自得其乐。

七

二十一世纪第二个十年，在我收到你给我的唯一一封信的五十八年以后，我去到你的故乡，除了与各地同一个模子出来的新建高楼大厦以外，我惊叹于那里的世界最高的佛塔，成为海洋的竹林与太湖湿地溪河旁的民居。水畔人家，黑瓦白墙，木栏纸窗，水腥光影，树丛花摇，杜鹃青蒿，男女老幼，黄泥螺、煎鱼与炸臭豆腐。我可以想象你的家必定是在水边，仰观佛塔，近指渔船，养鱼捞虾，种菜烤茶，猫猫狗狗，竹藤木器，陶瓷银铜的餐饮酒具。

我还想象有一次你拿着数角钱上坡岸杂货店去打酱油，你摔了一跤，你找不到零钱了，你吓得不敢回家，突然一阵大雨，滑到水边，你湿了衣服更湿了鞋，妈妈在床上因病躺卧，爸爸忙于镇上公务，危险中你明白了要活就要挣扎，从此你变了，你强势了。

又想，这不是你的故事而是我的软弱，五岁一上小学，听到老师讲故事，就是一个孩子死了亲妈，只有继母，买酱油丢了一毛钱，找钱掉到河里，淹死后变成萤火虫，提着小灯笼，寻找他本来无权丢失的一毛钱。我相信我的早早追求革命与此故事有关，我不能忍受压迫与威胁。不忍之心就是再不让这样可怜的萤火虫出现。

何况那本来就是个风起云涌、搏击翱翔的时代。一个小镇上的美丽天才少女逃婚、恋爱、革命、延安、鲁艺、东北、野战军、司令部与政治部，受到极大信任，走近过别人无法想象的领导层，熟识一大批包括林彪司令的解放区解放军党政军文艺高级干部与专家——虽然只是他们"身边工作人员"之一，仍然拥有许多优越性与优越感与别人不可能有的可能性；在延安整风的"抢救运动"中，你因为丈夫遭到怀疑而与如日中天的文艺领导人大吵大争，你揭露那位揭发丈夫的XY"同志"正是当年在白区出卖过丈夫的坏人……而你居然没有造成抗拒运动、自找麻烦的恶果，你胜利了。

想象这些是不那么困难的，它符合历史逻辑、人民革命翻身逻辑。革命的魅力之一是它的戏剧性与浪漫性、强烈性与剧变性、青春性与正义性，以及毫无疑义

的巨大风险。冒险才有崇高伟大与献身勇敢。就连一生
与革命没有一毛钱关系的契诃夫，在他的最后一篇小说
《新娘》里，也写了一个幸福的待婚少女，终于婚前出
逃，去参加革命。

难以想象的是这样一个革命的天之骄子，这样一个本
应是法国遭受火刑的圣女贞德式、俄罗斯虚无党人苏菲娅
式、革命之鹰罗莎·卢森堡式的准英雄，在凯歌花雨的
一九五二年，在你的三十二岁美妙年华，你的命运发生了
非被动的截然变化。

当然记得，那一年全国进行了共产党员全面登记。战
争、胜利、飞速发展，带来狂喜也带来混乱。战争年代来
不及做什么手续与档案保存：谁谁是共产党员，谁谁不
是，谁谁是被搞错，谁谁没有差失但手续全无，谁谁干脆
是冒牌货，全乱套了。地下共产党员发展，也不可能有正
规记录。党员登记中显示了许多花絮，有人趁机争取更老
的资格，虚报了自己的入党年月。有人趁机虚报了入党介
绍人，将一个在战争中牺牲了的大人物的名字塞进去提高
身价。有的与他人比较党龄、介绍人……并要求更高的级
别与职位。深层打入了敌特圈子，却已经找不到当年与他
联系的秘密工作领导人，宁死不能说，电视剧的说法叫作

"誓言无声"，他们只能享受敌特应得的镇压，被枪决了也绝对不说出真相。当然更多的人是借此回忆了自己的革命历史，回忆了当年的艰难与危险、初心与宏愿，重温了入党誓词与《国际歌》，还有老解放区出版的绿中泛黄草制纸张印刷的党章党纲与七次代表大会文件《论联合政府》与《论党》汇编。

你在这个节点上做出了惊人宣告，你清晰地对组长说："我还没有入党。"

组长哈哈大笑，像你这样从事周总理身边机要工作的要员，怎么会这样说话？

"你当然是党员，你是中共中央领导认定的中国共产党员。谁不知道你是延安来的，毛主席那边来的，你快快登记就是了。"

"我不是党员怎么登记呢？"

"我说同志，你这是在说什么，你从白区千难万险来到延安，你的爱人是地下党员，是著名美术专家与领导人，他经受了生死考验，你们到了东北民主联军后来是第四野战军总部，你们经历了枪林弹雨。总理、邓大姐、林彪、陈云、定一、周扬、丁玲、陈学昭都那么信任你——你与周扬大吵大闹，结果周扬同志听了你的，你以为我不知道吗？你这是在说什么呀，你的工作兢兢业业，你对党对革命忠贞不贰，你严守纪律，严于律己，你光明正大，纯洁真诚，我的好同志哟，你怎么了啊？"

"组长，主任同志，我只是说我没有入党，我不是党员而已。我没有写过入党申请书，没有谁介绍过我入党，没有开过支部会举手通过，没有上级组织批准，没有任何人与我谈过入党的事情，我没有介绍人，没有党龄，没有组织关系，没有填写过任何党员登记表格……"

然后支部书记、组织委员还有一位党委委员都知道了这件事，他们开始是笑，后来却皱起了眉头。先后与你谈话，指出战争期间有难免的工作粗疏与忽略，认为没有及早为你"解决"好党员身份的事是不妥当的，是工作中的缺点，但是本人不应该"闹情绪"，因为这一类事情不足为奇，而解决起来十分容易，可以补一份入党申请书，时间可以往早一点计算，例如可以写为一九四六年或者更早一些入党，组织上可以追认，你在六年前乃至十年前无疑已经确切加入了中国共产党。

你说，十年前没有写入党申请书是因为觉得自己条件不够，许多对于党员的要求你距离尚远。

"那就从现在起计算党龄也可以。"四位领导异口同声这样说。

"现在我反省，我觉得我自己远远不够，我不是李大钊，我不是方志敏，我不是罗莎·卢森堡，我不是卓娅·阿纳托利耶芙娜·科斯莫杰米扬斯卡娅，就是说我仍然达不到党员条件……"

"你，你，你这是什么意思呢？"几位领导，一位上唇打哆嗦，一位红了脸，一位开始口吃，一位急得跺脚……

"党员应该是保尔·柯察金、捷尔任斯基、季米特洛夫、瞿秋白、方志敏、王孝和、刘胡兰、董存瑞。我不够。我只知道说实话，就是说我说的都是真的。"

"真话并不等于真理。"

"真话，总要比假话离真理更靠近一点点吧？是不是呢？"

为之震惊。甚至认为你患了某种强迫观念的病症，就是说或许是疯病。精神科专家说，有一种病人揪住旁人探讨，让旁人同意他的判定：二加二不可能等于四，只能是等于五。

……后果是显而易见的。你只能是离开那个光荣的前途不可限量的工作岗位。到一所大学教了一段文学，每次

《女神》

讲课都会爆棚，讲法捷耶夫的《青年近卫军》，讲完了与
全体同学一起高唱苏联共产主义青年团团歌：

> 向前去，迎接黎明，同志们去斗争，
>
> 我们用枪弹刺刀去开辟新前程，
>
> 青春的大旗高举起……
>
> 我们是工农的儿女，是青年近卫军！

你讲鲁迅的《祝福》，讲到并无恶意的柳嫂以到了
阴司也会被阎王老子锯成两段分给祥林嫂的两个丈夫
的话恐吓折磨摧残祥林嫂的时候，你问："这是为什
么？"全班同学大喊："愚蠢！浑蛋！打倒迷信野蛮！
救救祥林嫂！"

后来，一说是由于生病，一说是由于对丈夫的厚爱与
支持，一说是由于丈夫与一个又一个的子女占用你的时间
太多，而你又愿意为相夫教子而努力，一说是由于文学越
来越难于讲授，而你的讲课内容似乎不无瑕疵，还有一说
是由于你想写一部长篇小说，最后一说是你受到了一个极
不讨人喜欢、由于吸烟过多牙齿发黑而又自以为是到极点
的讨厌鬼的骚扰。你喜欢你的家，你对自己很清醒，而家

里的财政状况富富有余，你宁愿操持家务，自由自在地写自己的故事，不打算再过疯狂的加班加点的上班族日子。你的小说《假日》里已经透露了这边厢的某种信息。听明白了吧，你不但离开了高级领导机关，你一年半后也离开了任教的岗位，你还原为白丁——家庭主妇。

许多年后，只有一次说起此事，"难道有什么原因？"你说，"我不想以假乱真，我想多支持ZD，我想好好看护孩子，我是六个孩子的母亲啊，我喜欢做饭与擦玻璃。你不在意让污渍一道道的玻璃变成全然的光明与透亮吗？为什么越是简单得如同一加二等于三，明白得如同吃饭喝水一样的事情，你们越是觉得捉摸不透呢？"

你光明、透亮、清晰，过分的正常、常态，所以你太奇怪了。

八

陪伴你的，我想，有一台大喇叭像盛开的花朵一样的老式留声机。是东洋造还是德国造，想不起来了。你有相当多的黑胶木唱片。你有上海百代公司制作的老戏曲唱片。

例如一放先念一声"百代公司特请梅兰芳老板演唱《霸王别姬》"的那张比起苏联唱片来沉甸甸的戏片：

看大王在帐中和衣睡稳，我这里出帐外且散愁情。

轻移步走向前荒郊站定，猛抬头见碧落月色清明。

看，云敛晴空，冰轮乍涌，好一派清秋光景。

唉！月色虽好，只是四野俱是悲愁之声，令人可惨！

可恨秦王无道，兵戈四起，使那些无罪黎民

远别爹娘，抛妻弃子，怎的叫人不恨！

正是：千古英雄争何事，赢得沙场战骨寒。

我看到了一九六五年十一月十三日，你写的一片纸头，一张公文纸的背面，蝇头小字，而且不是常写的行楷，而是行草。它的内容竟是梅派京剧《霸王别姬》中虞美人最脍炙人口的唱与白词句。你写得狂放中透露着冷凝，如晚秋夜风吹过已经白头的芦苇塘，如带霜矢车菊略显零散地瑟缩在牧草丛中，如被惊动的鱼儿先后从水中跃起。它更使我想起一九六〇年困难时期为了改善机关伙食，前往内蒙古草原打黄羊即蒙古羚的情景，我们坐着吉普车追逐黄羊，黄羊奔跑着跳跃着，逃离着自由着与最后终于跌倒了受伤了的情势。罪恶的王某人，你理应承受报应，跌跌撞撞，有时候是头破血流，有时候是躺着中屎，有时候是半夜哭醒而白天欢喜幽默如二林：卓别林与侯宝林。五笔字型告诉我们，"卓别林"hkss三字与"战栗"重码，而"侯宝林"的前三个码wns能够构建的短语是"全军覆灭"。从仓颉造字到王永民发明五笔字型输入法，汉字包含着一些未曾泄露的天机，随着电脑文字输入软件程序的发展，天机开始渐渐泄露。

"在我们都长大以后，妈妈的空闲时间多了，据说她曾经找梅伯伯的传人学过戏，她还常在家中一个人唱、念。她有事无事喜欢坐在沙发上练习手指。她嘴里念念有词说着只有她自己才懂的话，'蝶姿吐蕊'什么什么的。说过她最喜欢《霸王别姬》中的一个做派，虞姬也就是词牌里所讲的虞美人唱'猛抬头，见碧落，月色清明'的时候，两手的莲花指向上一指，叫作'小莺双飞'。

"有时候妈妈一个人'扮演'所有的角色。像这片纸头写的，本来在'看大王'开唱以前，有项羽士兵的一声叫板：'苦哇'，是妈妈自己喊出来的。只有一次我进门的时候听到了妈妈独唱，她发现了我，很不高兴。妈妈是一个心直口快的人，她好像未经世事，烂漫天真。是她先对我讲的京剧动作与唱腔什么的，可就是不准我们听到她的自演自唱。自演自唱京剧，这是她此生早年唯一的机密。如果是今天聪慧得浑身流油的小小子小丫头，他们看到妈妈，肯定会说她'二'喽。"

郎郎如是告诉我。

"'文革'中这片纸头被抄走了，红卫兵说是纸头上面都是看也看不懂的小字，估计是中央情报局或者克格勃间谍的密电码。红卫兵从《红灯记》这出戏里学到了'密电码'，他们没有与日本宪兵队做斗争的机会，只能用这些知识武装来找我们的麻烦。'文革'后小纸头居然完璧归赵，虽然揉得皱皱巴巴。"

……我的眼前出现了你且唱且做的片段，你，不，当然是虞美人她，走出应该称作司令部的营帐，她且散愁情，她两手翻转，美丽的莲花指指向中天明月。你叹息自己做不好那些身段与手势，比较起唱来，做、念、打对于一个没有受过科班训练的人，更加生疏艰难。你当然喜欢道白，比唱歌还歌唱，比深情还情深，比辛苦还苦辛。或许你也庆幸，除了书法、革命、公务、家务、支持老公与养育下一代，你还有属于自己的京剧、唱机、唱片、老师。梅兰芳的念白美得你如醉如痴，有时候是泪下如雨，一个青衫说话，可以那样摄人心魂，动人情意。你突然明白了，为什么旦角的叫板总是：

"苦哇！"

三十三岁以前，"苦哇"的声响令你觉得略略怪异与可笑，三十四岁以后，你终于明白了戏剧的"苦哇"叹息是怎样有力的总括与庄严。

也有幸看到了你的日记片段：

《女神》

　　"是不是京剧有点像茅台？可怕处在于你会醉上他（它）。一个花脸，一个旦角，两个角儿一台戏，演出了千军万马，十面埋伏，生离死别，惊天动地。

　　"然而你仍然有单调和寂寞，烦躁和厌倦，虽然你相信生活。爱才期待，待才焦躁，躁才癫狂，狂才文艺，艺才更加没完没了地咀嚼起孤独与寂寞。爱情、革命、出走、诗与小说、真理与牺牲，还有最神圣最悲壮的东西莫过于自我批评。流泪了，看到自己不够，不够，还是远远不够的呀。

　　"不够，是平凡的，平凡，是真实的，经历伟大，你获得的是平凡。经历苦辛，你获得的是甘甜。经历风暴，你获得的是宁馨。经历厮杀，你进入了和解的中年。同情了理解了所有的虞姬、杨玉环、苏三、窦娥……一直到扈三娘与潘金莲，蔡文姬与李清照，你接近了气定神闲。

　　"然后回到了'猛抬头，见碧落，月色清明'，对不起，我为什么愧惭万般！

　　"我很满意，我生活在溪河河畔，我逃亡到太湖湿地近边，我找到了革命家艺术家设计家丈夫，我去到革命圣地延安，我去到东北解放区，张家口、哈尔滨、沈阳。天翻地覆的血战中我没有旁观，我来到北京革命的领导核心机关，我写作，我机要，我更能年纪轻轻地回到自家，快快乐乐地回到平凡。人之一生，谁能这样完整俱全？什么时候都是我行我素，实现着自己的而不是他人的心愿！

"然而我还是时有对于虞美人与杨贵妃的相怜。薄命红颜、生死相许、恩宠赏赐、刀光剑影、唱腔做派、水袖翩翩。

"我不应该喜欢京剧。他（它）让人上瘾。前朝过往，老旧的精雕细刻的荷花缸里孕育出彩蝶翠鸟玫瑰喷泉，痴痴的中国人，敲锣砸鼓，拼死拼活，哭喊声腔流淌在我们的血管里。"

还有：

"杨贵妃为什么那样痛苦？

"我不能赞扬《贵妃醉酒》。把悲剧写出了几分轻薄。

"从醉酒里看出轻薄的人呀呀呜，从轻薄里看出悲哀的人才是真正的戏迷情种。

"杨贵妃，虞美人，都那儿冰轮啊、皓月啊、清明啊地唱月亮。无怪乎上海的左翼青年作家倡议中国作家再不写月亮。"

有一本手抄的常州名菜谱："天目湖鱼头""苏堤春晓""红袖添香""珍珠皮冻""椒叶凤爪""芝麻鱼

排""花果粉盅""常州糟扣肉",你在首页上题字:
"做好饭,让人们都爱吃吃好。"你又写了一句:"要艰
苦朴素,不要贪图口腹。"你是在与自己,与生活转腰子
吗?转腰子是不是可以变成一个戏曲舞蹈的动作程式呢?
转腰子就是"乌龙绞柱"呀。你写的是正楷。你写下了美
丽锦绣的菜名,也有选择地写下了烹调的要领凡例。

　　"小资产阶级也迫切于革命,然而不敢当真去革命。
鲁迅早看出来了。而且中国的小资产阶级极容易匍匐在封
建文化面前。

　　"人生不怕有重复,人生必须有重复,人生必须厌恶
重复,人生必须有对于不重复的陌生与恐惧感。

　　"好一似嫦娥下九重……嫦娥下了九重以后怎么样
呢?嫦娥会不会遭遇、受得了受不了一场抢救运动呢?我
们就比洁净更洁净啦。"

　　悄悄唱京戏一节,令我感受蚀骨。我期待着。我幻想
着,我梦寐以求,我想欣赏你这位大姐的《霸王别姬》与
《贵妃醉酒》。最后在梦中见到了。你扮起来是多么像梅
兰芳啊,脸型像梅,气质是你自己。你还操琴拉出了荡气
回肠的过门《夜深沉》,五更,鼓角声悲壮,三峡,星河
影动摇。惊慌与沉痛,气概与衰亡,英雄与昏乱,战争与

爱情，使我改变了对于京胡的深邃表现力质疑的想法。

　　然后，是我王蒙在梦中高喊了一声"苦哇！"从后台反射出回声，化作千军万马的叫苦连天。楚军土崩瓦解，汉军阴谋诡计。你袅袅婷婷、仪态万端地唱起了"看大王，和衣睡稳"，步伐沉重从容，手指巧妙温柔秀丽。舞剑然后夺剑自刎，忠贞如情神女仙。青衣唱工与武旦刀马旦的做工，武功舞蹈交融一起。梦中鼓掌喝彩，醒后完全忽略了被我的眼泪浸湿了的枕头。我以为我是在日内瓦，然而不是，亦非首都北京，是在江苏无锡。无锡的太湖令我想起范蠡与西施。从虞姬、杨玉环到西施，中国美女还有红线、貂蝉、王昭君与赵飞燕。谁能与你相比拟？

　　王蒙老矣，尚仙游否？

九

我想念，我坚信，我保证，变相退职以后的你不仅独自唱过京戏也一准唱过《卡门》中的《哈巴涅拉》、《蝴蝶夫人》中的《啊，明朗的一天》、《茶花女》中的薇奥列塔咏叹调《永别了，过去的梦》，还有在《祝酒歌》之后面临阿尔弗雷德的示爱含泪唱起的"不可能，不可能……"

我相信你也画过画。中国的传统是书画同源，而且令人感动的是，你的字笔力刚健，又是行云流水般地水到渠成。你是一个有劲道的人。但是没有画家常有的哆里哆嗦画字造型设计的痕迹。画过老虎，想来是受到了廖承志母亲何香凝的影响，后来不画虎了，画石竹与梅花，临摹过徐悲鸿的马。当然，你更加沉醉的是立陶宛出生的俄罗斯风景画家列维坦，临摹过列维坦的《白桦林》《三月》

《杂草丛生的池塘》，你更喜爱列维坦画的云朵、海浪与从彼得堡看到的芬兰湾。动不动凝视列维坦画册上的《弗拉基米尔之路》，想象着沙俄时期被流放到西伯利亚的知识分子。你有几张油画，不成熟，但是充满了人生与革命的感情与解悟。

我相信你会喜欢花四宝的梅花大鼓《探晴雯》《黛玉悲秋》，尤其是《钗头凤》，你在一张小纸上写下了《钗头凤》的陆氏原词与唐琬作答。唐词的"难难难、瞒瞒瞒"，六个字直冲云天又颓然落下。令人心碎。

我知道，你也同样热情地高唱《兄妹开荒》与《夫妻识字》，更何论陕北安塞的带血带泪的"信天游"！没有中国革命能有几个人知道信天游与眉户戏？没有信天游与眉户戏中国革命怎么可能那么快就取得了胜利？

> 你妈妈打你和你哥哥我说，
>
> 为什么你就把洋烟那喝？

因为不能爱不能自由而喝了鸦片——洋烟的少男少女多了去了，不革命行吗（毛泽东）？被囚禁在雷峰塔下的白素贞多了去了，不革命行吗？

《女神》

不懂得从陕北民歌中寻找中国革命密码的人全是废物！中国革命是中外历史上破天荒的人民艺术节！

你是艺术的天才？不，不是才的范畴。你无意于实现自我，表演风头，夸张煽动，怪声喝彩。你只是聊以自慰，无师自通。丈夫是大画家，孩子一共六个，最大的是女儿乔乔，姓你的姓，不知道是不是出自大乔小乔的典故。下面五个儿子。大儿子郎郎，后来给了人，不再叫郎郎了。看来你好喜欢"郎郎"这个名字，便再接再厉把第三个孩子坚持继续命名郎郎。第四个孩子大伟，他是在百万雄师过大江那一天，即一九四九年四月二十二日出生的，同时那时你正在读《大卫·科波菲尔》，你给此子命名"大卫"，后来上学时老师说此名太洋气，还有此名像什么基督教徒，便又大又伟起来了。第五个孩子寥寥。第六个是沛沛，后来也送出去了。

他们当中出现了真正的作家，不止一个。你已经是一个伟大的母亲，你为孩子们操劳一生。笑着，含着泪，一切都看得明明白白，无所求，无所待，无所忧，更无所悲哀。包括在儿子郎郎判处了死刑的时候。

我梦到了你晚年的客厅，三十多平方米宽大，大横幅上是你写的两个隶书大字："平凡"。

不平凡行吗?

也许并没有擅长那么多样儿,琴棋书画戏歌诗,也不需要如前文写的那样光芒四射,"和其光,同其尘"(老子的话,是说收敛光芒,接好地气),其实你是平凡的与内敛的。喜欢文学与京剧,写过诗歌与小说,自己唱两嗓子"冰轮乍涌"、"嫦娥离月宫"。自然而然或神妙奇绝地"退职回家"以后,更是全心全意地相夫教子,做饭卫生(清扫),白菜豆腐,红烧鲤鱼,窝头咸菜,稀粥糕饼,童装少年装中山装华达呢卡叽(其)布,纽扣拉锁。一去二三里,烟村四五家,ABCD,毛主席万岁,多吃菜少喝酒,作文、大字、广播操。你的天才沉潜于平凡,你的平凡使天才更上一层楼。"常德乃足,复归于朴"。不但超凡入圣,而且超圣归凡。你是最文化的家庭妇女,最革命的母亲,最慈祥的老革命,最会做家务的女作家与从不臭美的、不知何谓装腔作势的教授。五个儿子,一个女儿,一个老革命与艺术大家、工艺美术学院院长的丈夫,奉献给他们,就是奉献给社会祖国人类包括并未加入也谦卑地确实承认自己不够条件却仍然围绕着跟随着的领导我们事业的核心力量——中国共产党。你于心平安,不平静的时候用小嗓叫一声"苦哇",也就是了。

当然,你有时也惦记着更上一层楼的人生。

《女神》

十

和赓同志：

　　……你的感情与对生活的信赖，以今天的风气来比较，太古典了。

　　你受过那么多的苦——还能保持这样完美的心境，真令人钦佩。

　　你年将古稀，还保持了十七八岁青年初恋时的精神风貌。你钟情、痴情，如果不是为了革命事业，你准会殉情。所以你没有做"烈男"，但做了"节男"。

　　亲爱的朋友，你是幸福的。在生活中，你有事业，你信赖这事业的伟大与永恒的意义，因此你全力以赴地干，越累越有劲，总是高高兴兴，像一个在严师面前的优等生。在生活中，你有爱

情，你对过去的信赖，使爱情在回忆中永存。你

不孤独与寂寞，因为，在精神世界中，你的爱人

一步也没有离开你！

　　我是少见寡闻的人，

还有更胜过你这样：对生活

　　现在的年轻一代，可能不易　　　　这种感

情了，可能必须经过翻译才可以略懂一二了。真

的，就好比，大家都买一把塑料花，讲究一点

的，还给塑料花洒上香水呢！而你却要（做）幽

谷蕙兰，甚至你只是在记忆中感到那芬芳！……

　　这是"文革"结束后你给好友谢和赓写的信。谢一直

是周总理直接联系的党的情报兼统战工作者，谢是现代的

李左车，有过各种神奇的经历，他生于上世纪一九一二

年，二十一岁入了党，再进入民众抗日同盟军，当过冯玉

祥与吉鸿昌的秘书，然后跟随白崇禧，成为白的亲信。不

知怎么搞成的，他又在一九四二年被国民政府派到美国留

学，把工作任务与对象延伸到美利坚合众国。后被美国当

局逮捕，经周总理营救回到本国，担任早在旧中国已经销

量极大也是我钟爱的《世界知识》杂志编辑。不久划为右

派，搞到黑龙江劳动，一九六七年"文革"开始后又被捕……一再受到周总理的营救。

他的爱妻王莹，是演员和作家，一九七四年死于被迫害。兹后谢独自生活了三十二年，二〇〇六年去世。

看照片，谢身心健壮，乐观阳光，大侠型硬汉。说是他家里挂着王莹的肖像油画，王去世后，客人来了，谢说："王莹只能从画里向你们挥手了。"悲情埋藏在豁达之中。

而王莹更是侠义与才艺的巨星。她当过童养媳，两次吞吐鸦片自杀，可以说是对旧社会苦大仇深。后来巧遇美国女作家赛珍珠，在赛的帮助下上了学，而且在一九三一年十六岁时参加了中国共产党，比谢和赓入党还早两年。她四次被捕。她的戏剧电影演出大为成功。她去日本留过学，去美国白宫用英语演出过《放下你的鞭子》，得到了罗斯福总统的观看。

一九三九年十月，徐悲鸿为演《放下你的鞭子》的王莹作油画《中华女杰王莹》；后来在国际大学举办包含此画个展，泰戈尔亲为揭幕并致欢迎词。

一九四六年，王莹用两年多时间写下长篇小说《宝姑》，引起热烈反响。

一九七〇年她被"文革"迫害陷于全身瘫痪，四年后在狱中悲惨去世。

现在，在故乡芜湖镜湖三面临水的烟雨墩上，竖立着"洁白的明星"王莹的雕像。

我们的你，谢和赓的好友，信上写到王莹去世后谢先生的情况。幽谷蕙兰，记忆中的芬芳，也像是写自己。

那是一个翻天覆地的时代，英雄辈出、仰天长啸、呼风唤雨、光彩炫目、百折千回、九死未悔、刑场婚礼、狱中诗吟、粉身碎骨、血沃中原。只提一提那些姓名，那时的阵容，就令你敬佩悦服，感动无边。这样的革命运动中，尤其是身受更多压迫的女性，其斗争、其激情、其坚忍、其忠贞，更是绚丽夺目。法国大革命时期被雨果颂为"比男人更伟大"的米歇尔，德国共产党的创建者、第二国际的左翼领导人罗莎·卢森堡，被列宁称为革命之鹰，辛亥革命中的鉴湖女侠秋瑾，被梁启超介绍进来的贵族出身的俄国民粹派女革命家苏菲·利沃夫娜·佩罗夫斯卡娅，还有向警予、杨开慧、刘胡兰……加强了革命的正义性神圣性人情味与感召力。在这样的风流人物当中，有一个你，我现在说出名字来吧，我的非虚构小说或者你们一定叫"报告文学"也行——《女神》，取材于艺术家张仃

57

的夫人陈布文。陈大姐她开局勇烈、闯荡关山、文武战地、急流渡缓、笔墨春秋、经事多端、高处低处、胜暖胜寒、气吞山河、返朴平安、龙飞凤舞、烙饼炒蛋、伟大忠勇、自在平凡。端的另一派同一宗景色是也。

你的朋友提一提也令人肃然起敬。革命的文艺大家们你已经是一网打尽。还有一些倒霉蛋儿，例如号称见过罗曼·罗兰的李又然先生，我在一九五六年中国作协理事会扩大会议上见过他的挨斗场面；反右以后狼狈万状，孤家寡人，贫病交加，一事无成，穷愁潦倒地死去。唯一安慰是得到了你的照拂。

那么再请读读你的三儿子寥寥的诗，写这首诗的时候诗人还没有满二十岁。

我怀着怨毒 / 来到了这 / 充满各种精灵的 /
原野
手里握着一把 / 有 / 一粒子弹的 / 手枪
对着虚伪 / 我抬起了手
心在说 / 留着它吧 / 没有它 / 将没有真实
对着残忍 / 我抬起了手
心在说 / 留着它吧 / 这愤怒的/复仇！

对着卑鄙 / 我抬起了手

心在说 / 留着它吧 / 这个和高尚 / 同时登台的小丑

…………

手枪 / 划过了一切罪恶/没有射击

不，/ 不行！！/ 既然我不能/与任何/社会的渣滓 / 同居 / 又不能 / 将它们 / 统统枪毙

那我 / 只好 / 灭绝心中 / 识别善恶的灵气

我又抬起了 / 手枪的嘴 / 对准那只 / 天空一般洁净的 / 小鸟 / 趁着心没有发抖

我 / 射击 / 了 / 烟消云散

怀着 / 仅有着 / 凄然的心 / 拥抱着 / 万般邪恶 / 我跳上 / 通向生活的马车

在 / 子弹的洞穿下 / 粉碎在尘土中的 / 是 / 我的 / 希望！

我至今弄不清这是一首啥意思的诗，但是，我哭了。

十一

　　这确实是一首诗，是三儿子寥寥的，也像是你的，非常像。诗继承着上一代英雄豪杰的气象，但面临的已经是不同的风景。如果你说你看不懂，那我也看不懂，诗人自己很可能同样说不清。神圣的冲动使他激昂却又惶惑，强烈而又无奈地燃烧，沉痛而又火爆。我凝视着，我惊叹，我难过，我不能不想到诗人的母亲，你的诗情培育了六个孩子，你的诗情写就了具有高度书法艺术价值的一篇又一篇公文。旧社会这样的公文称作"等因奉此"，公文里离不开"等因奉此"的套话。新社会的公文则是充满"基本、结合、深入、贯彻"即"基结深贯"。现代史说，"基结深贯"硬是将"等因奉此"打趴下了。

　　"平凡，平凡，平凡。"你对我说。

　　你的诗情清洗了许多童装尿布床单毛巾，当急于干燥而把湿件搭在"炽笼"——炉火上的时候，你吸吮着肥皂与布匹加染料加婴儿屎尿污渍的气味，脑子里蹦出来一首又一首关于希望与失望、理想与不想、伟大与平凡、烈火与灰烬，最后是和解与安详的诗意。

你的诗意化成了去毒火的心里美萝卜、润喉清肺的鸭梨、下稀饭的榨菜肉丝、好消化的米粥与挂面汤、爆腌与老腌小仔黄瓜，还有时不时弄上点的高邮双黄咸鸭蛋。你的诗意更化成了对于厕所尤其是对于被男人立式小便经常弄脏的马桶边的清洁，对于一个又一个孩子的肛门与小鸡鸡私处的清洗。你相信庄子和禅宗的理论，道与禅，无处不有处处有，包括庄说"屎溺"，禅说"干屎橛"。你甚至想早晚要写一篇关于屎屄屄的散文诗，直到后来，你才明白自己已经用真实的人生努力写毕了也写出了至少是自己满意的与众不同的诗篇了。

你的诗心陪着你度过了一个又一个夜晚，这个孩子咳嗽，那个孩子发烧，第三个孩子麻疹，第四个孩子泻肚，另一个摔坏了腿，还有一个后背上长出了红点与脓包。你仍然背诵你的《满庭芳》与《苏幕遮》。孩子生病的特点是晚上病症加重，夜十二点，抱着孩子哼哼柴可夫斯基的钢琴套曲《雪橇·十一月》《葡萄仙子》，还有你自己幼儿时唱过的歌："母牛母牛谢谢你，新鲜奶子天天挤，奶子又白又芬芳，我们喝了身体强。"再往下就是"小小姑娘……卖花卖花声声唱"了。后者来自一个美国民歌，在中国曾经流行，后来又到了朝鲜，经变奏后成为金日成创作的三大歌剧之一《卖花姑娘》的主题曲。在没有其他电影可看的时候，《卖花姑娘》《金姬和银姬的命运》加上阿尔巴尼亚影片《第八个是铜像》使你们的孩子涕泪滂沱。

孩子仍然不睡，哭着，喘着气，蹬着腿，哭的声音令世界低下头来，他的委屈预示他可以成为一个大文学家或者艺术家或者革命家或者哲学家或者发明家，小孩子的啜泣让人立即想发动一场革命。孩子们在幼儿时代太软弱、太无奈、太压抑也太寂寞，他们需要成长奋斗坚强孔武大轰大嗡立德立功立言，手刃阶级敌人。长大以后需要发挥与奔跑跳跃。他们要圆掉他们的上一代人两代人三五代人以及所有祖先挣扎一生血战一生绞尽脑汁一生却没有实现的梦想。你的诗进行在正在生病的孩子身上，你的梦进行在正在生病的孩子身上，你的甜和苦，你的文采和风流，你的浪漫与坚忍统统向孩子身上倾注浇灌，然而前提是他们先要退烧、止咳、消炎、排脓、通便种种，然后长出放出文化与艺术，品德与聪慧之花。他们的父亲还没有回来，高级领导人找他布置任务。或者是回来得很晚刚刚睡下。他是能者多劳，任重道远，你是？你称自己是火头军，是孩子他爹后勤支援团队头领，是专职家庭妇女、街道妇女，身兼同志、妻子、文友、母亲、厨师、护士与保姆勤务员还有作家、书法家、革命者的女人。你是女人，不能不正视，字写得再好也不能不承认。没有办法的寻觅，二十多年的摸爬滚打，你知道母亲的最大安慰，最具现实可能的事业是把一切伟大的慈爱献给孩子，把希望的拼图与接力棒交给孩子。希望在于孩子，遗爱在于孩子。活下去，为了你的我的他的与她的孩子。女人，还有比母爱更伟大的吗？

十二

你午夜抱着病儿出门，个别时候可以雇到三轮车，多数时候必须走路，自己咳嗽起来了，咳嗽得比可能是受了凉造成上呼吸道感染的孩子还厉害。你一阵岔了气，一会儿是左小腹一会儿是右胸腔发生阵痛与抽搐。你很满足，你知道对不起孩子的母亲该死，尽心爱孩子的母亲死而无憾。你知道跌跌撞撞，你一定要走到医院，挂一个急诊两角，开好药，最多七角钱左右。然而你出门时没有能找到钱，你不忍心惊动老公，你砸碎了专门存贮硬币的一个瓷质猪形扑满，从里边拿出了许多五分的但主要是一分的硬币。你在药房缴费的时候让缴费处的出纳小姑娘大叫一声："我不要，我不要……"你耐心地，实际上觉得自己是有点恶毒地给缴费处出纳讲："根据我国法律，您无权拒收任何种类的人民币，否则我可以扭送您去派出所。"

你觉得你要写一首诗、一则微型小说。深夜与黎明，
患病与治疗，母亲与儿子，医生与出纳，常州、苏州、延
安、哈尔滨、锦州与北京，作家与机要员，老党员与非党
员，写诗与揩屁屁。最后万象归一，结穴于许多一分钱的
硬币。

在终于抱回孩子而且孩子终于稳稳地睡踏实了以后，
你睡不着了，当然。你此时就会背诵郭沫若的《女神》：

> 姊妹们，新造的葡萄酒浆 / 不能盛在那旧了
> 的皮囊
> 　为容受你们的新热、新光 / 我要去创造个新
> 鲜的太阳！

想到孩子你就笑了。孩子就是新升起的太阳。尿布，
就是五彩云霞。排队挂号就诊划价缴费领取到的药水，就
是葡萄酒浆。

你想起了每个孩子学走路的情景，延安出生的大女儿
一周岁了还不会走，你想起阳光、蛋黄、钙与维生素D的
缺乏，你为女儿心痛。只过了三天，女儿站在地上，忽然
自己挪动一步，女儿怔在了那里，女儿又小心翼翼地挪动

了另一只脚，看看你忽然迟疑，停了一下，紧接着，她走起来了，然后跑起来了，跑得飞快，母亲连忙在后面跟。"你在前面走，我在后面跟"，这是旧中国一首流行歌词，说的是一个少女与一个小流氓，现在则是一个女儿与她的平凡伟大的母亲。女儿腿一绊摔倒在地上，哭起来，母亲跑了过去，这就是诗啊，这就是画啊，这就是电影和戏剧啊，难道不是吗？然后是一个儿子在床上前滚翻与后滚翻，滚到了地上，他想给地凿一口井。然后是另一个儿子突然大喊："妈妈真好！"然后是你轻声哼哼着一首北欧民歌哄孩子睡觉，想不到的是另一个表面上看已经睡着的孩子和着你的哼腔呼应着唱了起来。"在森林和原野是多么逍遥"，你觉得是一场童声合唱团的演唱，孩子和母亲，母亲和孩子，这就是哭与笑，这就是歌与诗，这就是戏，这就是天籁天伦天机天韵，这就是革命的追求，革命首先不是为了自己，而是为了孩子。

而你的另一个儿子是著名的郎郎。他是中央美术学院文学沙龙"太阳纵队"的活跃分子，他为自己的"纵队"杂志设计过封面上的两个大红字："自由"。加上他说过一些被认为对江青不敬的话语，从一九六八年被通缉，他跑到了杭州后被抓捕"归案"。一九七〇年"一打三反"

的高潮中被判处死刑，受到周总理保护，一九七一年后正式地货真价实地坐了六年监狱。类似的没有执行处决的死刑犯还有文化部门的老领导周巍峙与老革命歌唱家王昆的儿子周七月。被执行了的是遇罗克。

而伟大的母亲非常镇静，你见到的事太多了。你懂得了见怪不怪的必须。你也知道了郎郎的同案犯郭路生——食指的名诗：《相信未来》。

我要用手指那涌向天边的排浪 / 我要用手撑
那托住太阳的大海
摇曳着曙光那支温暖漂亮的笔杆 / 用孩子的
笔体写下：相信未来

母亲认识也喜欢自己孩子的诗友，喜欢他的诗，对爱诗的儿子说："年轻人的诗，更好。"

又说："读你们的诗，比我自己写还好。"

说这话的时候你流出了眼泪，你想到了些什么呢？相信未来，当然那就是相信儿子与女儿，相信下一代。如果下一代之一竟要被枪决呢？是的，归根结底，人的一生能有多少追求？能铁定实现多少目标？你能更换一个太阳？

挖深或者填浅一个湖泊？又能有多少不走形而令你绝对地满足与舒心？反过来说，既然你做不到求而时得之、梦而屡圆之、射而频中之、想而皆成之……那么，你究竟能有多少理由和心思可以无愧地大胆地去不满足、不快乐、不如意与哭天抹泪呢？

"我是快乐的"，后来你多次这样说与这样写。当邻居、朋友和亲人向你索取书法作品的时候，你写了许多横幅与条幅、斗方与扇面、信笺与丝绢：生疏一点的人，你写"快乐"二字；熟一点的人，你写"其乐无穷"；亲近一些的人，你写"我快乐"、"我是快乐的"、"当然，我非常快乐"，还有你编的一个词，叫作"快乐无它"。

改革开放以后你给自己当年的一个"闺蜜"，后来移居境外嫁了洋人的白发苍苍的老妪，写下了"快乐必孩皮"五个大字，解释后三个字说，就是"Be happy"嘛。

孩子们愿意为母亲的快乐向历史纪念厅作证。他们愿意提供的证据是：第一，她至死也有着清亮的喉咙与平稳自信的嗓音。第二，她临了也还长着基本黑油油的头发。中医认为，头发的不良状态是血热风燥、脾虚胃湿的表现，而用脑过度、心事重重、烦闷懊恼，都会明显影响头发的营养供应，使头发像干旱贫瘠造成的树叶与枯草，过早过多地脱落。第三，她写了那么多表达快乐心情的书法作品。

你绝非凡俗，因为你自自然然选择了平凡。你绝非消沉，因为你超前实现了淡定悠然，而且从不秀清高。你回到家庭，你的家就是革命与艺术的细胞，你回到了你们八个人那里。还有那么多友人，他们都爱你，连没有与你见过面的蒙子也迷上了你。没有人算计你，你从不设防挖堑。

你只听自己的一个友人说到过，儿子可能已经判处了死刑，你没有掉一滴眼泪。后来提到的这一天，从早晨你坐到一个房角，一直坐到了晚上。一个朋友在晚上九点五十分风急火燎地来到你这里，告诉了你周总理"留下活口"的批示，说明郎郎留下了一条命。半晌，长长地叹了一口气，你说了一句"好想去日内瓦，看看周总理住过的地方"。朋友认为是你受了刺激，语无伦次。入夜洗脸时发现了眼角的血。次日眼科医生看了，医生给你讲解了眼睑出血、结膜出血、角膜(内)出血、眼眶出血、视网膜出血等情况的区分与治疗。你惭愧于以本来与眼科病理没有什么关系的麻烦，打搅了中规中矩的专业眼科医生，那是一个除了医生与城市环卫工人，几乎谁都不务正业的时代。刘晓庆头一次上镜，演的就是环卫工人，影片的名称是：《同志，感谢你》。

后来在梦里、梦话里，你说过不止一次：

"我要去日内瓦。"

你还写下了正楷：

"想去日内瓦。"

十三

也许最能证明你英明的是一九五二年的退职。或者根本不算退职？你并没有办理正式退职手续，例如领取退职金。你回了家了，不上班了，不领工资也不参加全体教职工大会了。大学的人事处记载了你的"离职"，然后风平浪静，此生无事。

你已经被俗人认为是退出了体制，退出了社会，没有了"单位"，没有了领导，你已经成为游离的离子。你毕竟是人人皆知的老革命。你自己并没有多少孤独更没有沦落的感觉。然而，想不到的是，从此反右派、反右倾、三反五反、社教、无产阶级文化大革命种种政治运动没有人找你的事。鸡飞狗跳的政治运动爆炸火热的时候你的身份仅剩下了"家庭妇女"四个字，那个时候的运动积极分子包括最蛮横的红卫兵，根本不认为家庭妇女是社会一员，更没有哪个红卫兵知道你不凡的历史，知道你的历史的革命人都被打倒了，住在"牛棚"里，狼狈不堪，千疮百孔，皮开肉绽，自顾不暇。

就是说，你十余年前已经为各种运动尤其是"文革"做好了准备，你早就已经充满了"电"，充实了预应能与预应力，了却生前身后事，不求中外古今名。你最喜爱的词人是辛弃疾，你早就会背诵"了却君王天下事，赢得生前身后名，可怜白发生"。

早在"文革"以前你与一个朋友讨论，朋友说你的稀里糊涂退职是不"革命"了。

你哈哈大笑，声如铜钟。你说：

"是吗？"

你给朋友讲起了自己十一岁小学五年级时背诵下来的孟子"君子三乐"说：

君子有三乐，而王天下不与存焉。父母俱存，兄弟无故，一乐也;仰不愧于天，俯不怍于人，二乐也;得天下英才而教育之，三乐也。君子有三乐，而王天下者不与存焉。

你释义，第一乐是天伦之乐，固然你自己的父母不在了，你子女的父亲与你这个母亲健在人间，谁也没被枪毙，当然是天伦之乐。不愧不怍，你更是满心快活。你教育的子女侄甥，也是英才的一部分，孩子们志在天下。孟子在这一节两次强调"王天下"不属于君子之乐，说明孟子强调君子首先是常人，快乐是常态。

是个大好人，只是脾气有点怪，朋友们都这样说。怪的表现是你过于常人常态，才而有常，常而不猛、不变、不戾、不暴，不亦怪乎？

你便一笑，说："以常为怪，以怪为常，不亦怪乎？"于是朋友们大笑，好像鲁迅的咸亨酒店里听到了孔乙己的转文。

或许是国民党的反省院起了某种作用，你的夫君ZD后来选择了技术性比较强的美术设计，他见过毕加索，他曾经想搞一点美术上的现代派，后来在延安被同志们帮助后就不搞了。当然，他一直对革命忠心耿耿。此后数十年，ZD与一位台湾作家见面，他们说起过曼德拉，说是曼在南非的监狱里服刑二十七年，出狱后洗尽一切浮躁，只留下了宽恕与爱心。你听后大怒，你说不能为各种歧视与残暴背书。丈夫说，去过比勒陀利亚桌子山下的监狱，那里有许多石头，监狱管理人员没事就让曼德拉他们将石头搬来搬去，以度过漫长的岁月。然后，ZD说，从前是美国中央情报局帮助南非种族主义政府，逮捕了曼德拉，而结束了种族隔离以后是美国总统克林顿来到南非，造访了上述监狱，俯身进入了曼德拉当年坐过的狭小的单人牢房。

"文革"中ZD被莫名其妙的所谓红卫兵揪斗殴打，你全不躲避，冲向前去。你与所谓的天知道来历的红卫兵们辩论，你大喊大叫，声色俱厉。你说"上面"有明确指示，最高领导圈阅过，绝对不允许对ZD动手动脚。红卫兵们喊"打倒ZD"的时候，你干脆大喊"ZD万岁"。你以必死的精神准备与杂牌红卫兵们拼命，你大骂红卫兵们是假革命真破坏，你大讲井冈山与长征、遵义与延安的故事，你居然从气势上压倒了杂七杂八的"红卫兵"。最妙的是，在你讲了"上面"的指示以后十一个小时，最高方面的保护ZD的指示硬是照你讲的样子传达下来了。

"文革"中基本平安无事。纸头上的涉嫌间谍暗号的"别姬"唱词与道白，拿走后并无下文，混乱的定义之一是有头无尾，劫难的定义之一是无端之祸与无逻辑的侥幸并存。而你毕竟只是主妇家庭，丁白一妇，你在纷纷革命从而人人被革命的时代，创造了老左翼知识分子硬是没有从革命同路人变成革命对象变成三反分子的奇迹。"文革"时对于老革命的说法是，革命动力要学会充当革命的对象，而且要欢迎小将们革自己的命。

那么，你也只能是跟随着沾上了一点"文革"的光，你兴致勃勃地学唱过"都有一颗红亮的心"、"痛说革命家史"、"家住安源"、"垒起七星灶"、"面对着，公字闸，往事历历如潮涌"。较劲的是，你怎么想也想不通，觉得李铁梅唱的"红亮"二字不通，过去，只有形容声音的"洪亮"一说，也有鲜红、绯红、阳红、淡红、暗红之类，还有嘹亮、敞亮、锃亮、麻麻亮等词，岂有"红亮"之理。

找谁讨论去呢？

十四

　　而你却要幽谷蕙兰，甚至你只是在记忆中感到
那芬芳！

　　这是你对己对人的永远的颂歌。

　　后来国家形势终于发生巨变。你应该是十分高兴的，
但是你杳无声息。巨变的那一年你五十六岁，当然不老。
也许你已经染恙，心力交瘁。也许时过境迁，此时的文艺
界与你已经互感生疏。也许你已经饱经世事，你不想轻易
地放弃已经形成的生活轨道。正如学界昆仑钱锺书诗云：

　　　　弈棋转烛事多端，饮水差知等暖寒。
　　　　如膜妄心应褪净，夜来无梦过邯郸。

只是你给子侄们的信里仍然充满热情，苦口婆心，激励劝慰，慈母针线，良师温情。不，你不是昆仑，你是一个平凡的女人。

也许你对廉价的幻想早已通透无惊。也许你对成群结队的欢呼早已放弃。也许你虽然欢迎政策路线上的大变动，却仍然对某些人性、文性、官性、商性、艺性、男性、女性、幼稚性、老迈性、狡猾性、盲目性、肤浅性、跟风性并不放心。不，你不应该是这样，你不会是这样，人只能做自己确实想做也该做的事情，人有可能多考虑几步几米几十几百米乃至几年几十年，考虑一百年已属难能，更像是"不能"，如果通透到望远千年，最佳选择是不要活下去。

但是小说的构思ABC仍然使小说人坚信，一九七八年十二月二十二日三中全会闭幕后，有过几次快乐的高潮。一次是与老公、孩子们一起听诗歌朗诵音乐会，与王昆、郭兰英、常香玉她们都见了面。一次是你们家庭成员的诗文交流与评比，你对每个"作品"都做了认真地评点，然后全体去西四摊档吃卤煮火烧。一次是老公得到了XO洋酒，轩尼诗与人头马，就着天目湖鳙鱼——鲢胖头在砂锅里炖出令人销魂的鲜肉与乳汁白汤，全家吃得如此快乐。

吃完，你自语："还能怎么之（着）呢？"

李白的话是"人生得意须尽欢"，已经尽欢了，夫复何求？

更有一次是一九八四年，就是党的十二届三次中央全会通过"关于经济体制改革的决定"那一年秋后，你邀来了爱好京剧的十几个朋友，到你们的樱桃沟农村别墅来。锣鼓点一响，京胡京二胡一拉，看大戏了，气氛热乎的程度超过了娶媳妇与孩子过满月。你奇怪，为什么曾经将京剧当成腐朽与停滞的符号，为什么曾经听到胡琴响就想扔过一个手榴弹去……接着想，那么，会不会有激烈的青年听到他们院子里的唱大戏的热闹，顺手抛过一批破片式、钢珠式、闪光式、烟雾式、瓦斯式手雷来呢？

终于与京剧和解了，成了好友。也要与手榴弹手雷和核子武器和解的，好离好散，各得其所，靠的是生旦净丑，靠的是敲锣打鼓、月琴三弦大阮中阮还加一个笙，如果你学程派戏的话。

包括著名的梅派程派传人与操琴能手，与他们一起唱《凤还巢》《甘露寺》《四郎探母》《荒山泪》与《乌盆记》，你邀请了中国戏曲学院的教授来指导，一起在高唱低吟喊开了吊足了嗓子以后吃涮羊肉。佐料是你配制的，朋友们都反映是赛过了"东来顺"。你们的平均年龄是七十一岁，当时你是六十三岁。朋友们都是老革命、高级干部或者高级知识分子，其中一半是丧偶独身。

谈起京剧来不那么愧罪有加了，你露了一手，让赶巧在家的两个孩子也听到了你的唱与白。《霸王别姬》，西皮小开门牌，打引子：

明灭蟾光，金风里，鼓角凄凉。

定场诗：

忆自从征入战场，不知历尽几星霜。何年得遂还乡愿，兵气销为日月光。

……孩子们过去对于《霸王别姬》，知道的欣赏的只有过门《夜深沉》与南梆子唱段"看大王，在帐中，和衣睡稳"。这次才明白了虞姬的上场是怎样的光彩夺目，百感交集。

京剧雅集以后，你兴奋了一个多月，笑声连着笑声，题字接着题字，你甚至得便就把孩子们组成合唱队，你拿上一根木棍，指挥他们唱歌。然后你笑得喘不过气来。你说："我够本儿了，在延安，在东北前线，在国务院，在甲二号，在樱桃沟，尤其是在你们当中，明年，我带你们去日内瓦玩玩……你们知道日内瓦吗？"

　　……小说人常常犯的一个毛病是把眼睛睁大，盯着望着找着打量着，思索着想象着追究着询问着。更应该拷问追求的其实不是别人，而是自己。远了不必说，就是从一九八三年王蒙担任《人民文学》主编时起，如果认真寻找，一定能找得到布文大姐的。是的，我没有停止寻找，但是当我得到了答复你是谁谁谁的夫人的时候却找不到任何感觉。彼时小说人似乎麻痹了对于"夫人"二字的理解与感觉，听到了等于没有听到。小说人可以多多少少地归咎于你的老友对于我的打问的冷淡态度。但更重要的是小说人那时正值青云直上，芝麻开花节节噌噌高呀高的时期。小说人宣布过，有三个词他不感兴趣：一个是鳞次栉比；一个是天麻麻亮，一个是芝麻开花节节高。太俗了，甚至觉得肉麻。小说人的妄语终于遭到了报应，那个时期，他天麻麻亮就起床忙这忙那，鳞次栉比的街道他坐着皇冠车来来往往，尤其是他岂止是芝麻开花，他简直是二踢脚叮当乒乓，炸巴着往上蹿。你还能掩饰吗？你还能自命清高纯洁吗？你还能酸甜可口地秀文采与灵感、纯洁与秀气吗？

本来在上世纪八十年代可以不费多少力气地找到你的。

什么都有可能，例如找到了，却没能见着，我想象，那时候你未必愿意见我。

十五

"我预备每十页作一函寄给你，时间不定，去年我也给郎郎写过，但寄了两次便中断了——我年过花甲，尚如此浮动无恒，自己颇失望……

"我想十页之中，以三分之二忆昔……照顾你的保姆叫李素英，她比我大几岁。卅四五的样子，却是一个在押犯。那时，有一种向监狱里找保姆的办法。她们多半为了做媒人谎骗，或虐待儿媳等（入狱）。监狱中人认为，放她们出来当保姆，不会有问题——我们根本一点也没考虑这点，至今我也未清楚她犯的什么过失。她一直跟我们，从沈阳到北京，五十二年，她儿子结婚，才接她回去，她一直叫我陈先生。

"其时我们都是积极分子，因为全国得到解放，新中国欣欣向荣，万事俱兴。真有一天做两天的事，每天一早上班，到家时，已在晚上八点以后。

"我是手工顶无能的，但我必须为孩子们服务。于是只有创新……首先我用大红绒布，给你做了一个'小红帽'，你脸很白，戴了小红帽，确像童话中人。

"大伟婴儿时期是一个恬静愉悦的孩子，不哈哈大笑，也从未哭喊闹人。他总在默察沉思，高兴时舞动两手，笑着学语。上班时，他安静地举起小手说'再见'。晚上回来见面时，也是笑一笑便自己去玩。当时，他才三岁！

"其实，有关文艺界活动，差不多全有爸爸。只不过，他总坐在后边一角，他不愿上什么镜头。最近，爸爸给西苑饭店画的一张壁画——'群仙聚会'，已上墙装制完毕了。

"……诸葛亮在《空城计》戏目中，摇着鹅毛扇，在城楼上唱道：'我本是，卧龙岗，散淡的人……'听到这句子，令人心酸。他为国为民出了山……历史不因英雄美人而留情。

"……'悟已往之不谏，知来者之可追；实迷途其未远，觉今是而昨非。……倚南窗以寄傲，审容膝之易安。园日涉以成趣，门虽设而常关。'"

这是你给你的第四个孩子大伟的信。你的写作非常认真、诚挚，实在还有点天真，你的回忆富有稚趣。你纯。

一点悲观与消极吗？作为个人的选择，你是说到做到，你从没有蝇营狗苟的丑态，你从没有口是心非的尴尬，你从没有苦苦声辩，自我维护，此地无银一微两。我见过这样的伟大人士，例如他或她要写几本书来声称自己不吃荤腥，自己是素食主义，偶尔吃一星半点的肉是多么无奈，是中了奸计，还说是自己明明吃素却屡屡被攻击为肉食者鄙，世道人心何等险恶！

其实世界上许多人素食，谁也用不着哭着闹着表达素食的决绝。

还有人是一面大快朵颐一面提倡素食。

表白达到过分的程度，也可能是管丈母娘叫大嫂子——没话找话。

当然，可以说你太个性了。这样的个性是付出了代价的，肯于付出代价的选择，值得尊敬。

一九八五年，那次京剧雅集的次年，你增添了过去没有的一种静谧与微笑。你原来没有胖过，这回开始明显的消瘦，脸色似乎也有点苍白。你的丈夫一次次问你："怎么了你？"孩子们一个又一个地问："您是怎么了？""怎么了呢？""妈妈，您？""是不是有一点不舒服……"

你只是摇摇头。

八月回了一趟家乡，找到从当年逃婚后没有再见过的父母双亲之墓，献了花圈，鞠了躬。你的花圈署名是"不孝女陈布文"，鞠躬之前你低头静默了十多分钟，眼里含着泪水。后来你笑了一下。当地领导请你吃饭，你以患病为由谢绝。你还叹息，像是自己对自己说话，你在念叨："那时候常说苦战三年，改变面貌啊，苦战了九个三年，变得有限。现在是真的旧貌换新颜了，我找不着北了呢。"

就这样告别了故家故乡与童年。

一九八五年十一月，多数非"高尚住宅区"还没有开始供暖，一天突然下起了大雪，而就在这个早来的大雪纷飞的傍晚，家人们回来，找不到你了。

那时候还没有现在的小型的手机，开始有颇似军用通讯器材的"大哥大"无线电话了，只有老板们才会用。天黑以后你满身雪花回到了家，你一身寒气，一脸绯红，非常兴奋。你说是步行回到家里来的。你说好久没有见过这样的大雪了，你以为北京再也不会像建国初期那样下老大的雪了。你灵机一动乘无轨电车去了景山。你说这是你

《女神》

当"火头军"以来头一回"擅离职守"。你说漫天雪花里疾走让人想起战争与革命的年代。你说下着雪上山，让你懂得了另一个世界。你说你这次才想起来早该好好看看景山。你说对不起景山、故宫、北京。嘀咕说北京真好。你说人真奇怪，到了许多地方，又离开了许多地方，却没有好好地看一看记一记想一想。你说在景山飞快地爬上了每一个亭子，身轻如燕，步健如飞。你喜欢公园大门附近的绮望楼，你喜欢沿山路修建的亭子：富览、辑芳、万春、观妙，还有一个东山脚下的亭子，名称忘记了（王按，那应该是东面的圆顶周赏亭）。

你说景山公园里原来有那么多松柏。你说在万春亭上看从神武门开始的故宫宫殿原来有那么周正展样，布置得让你想呼口号。你说看着伟大的地方，住起来不一定舒适，不，你觉得并不舒适。不舒适也罢，你看得五体投地，想好好地哭一场。你说你最高兴的是没太费力到达了景山的巅峰，想看的都看到了。

你说你最怕的是北京盖了太多的高楼大厦，高楼大厦会遮蔽掉北京——有了高楼，却没了北京，你怕……你问自己为什么在新面貌渐渐替换了老面貌的时候你会想念老面貌呢？你说这也是生活在别处。你感到安慰，紫禁城一带毕竟没有让盖高楼。景山若只如初见？初见在哪儿？今天吗？在景山万春亭，你看到了北海白塔和这座白塔左后方悄然隐退着的阜成门白塔寺，它与北海公园的藏式白塔同一类型。其实妙应寺（俗称白塔寺）塔高五十一米，而北海白塔只有不到三十六米高，但是妙应寺塔悄然隐退。你看到了鼓楼钟楼和解放后盖起的部队领导机关的大楼。看到了东交民巷当年列强拥有治外法权的地区的欧式建筑。你说你太高兴了，北京永远不被遮蔽。

你说兴奋的是你看到了漫天乌鸦，也有麻雀，你以为曾经在大跃进中被赶尽杀绝的鸟儿喜欢景山和团城、柏树和桦树，喜欢戾气渐消的老紫禁城。你轻轻地说："乌鸦只要少叫几声就会变得非常可爱……"

连续几天你通宵未眠。你一下子老了十岁。所有的家人朋友都催促你去医院，你不去。孩子们说你这是需要启蒙，你应该知道人类医学科学的重要性有效性不可或缺性。你说，没有谁比你自己更了解自己。比如一盏灯，油已将尽；比如一支蜡，捻子已经烧到自身；比如火柴，已经烧到取火的食指。不要送医院，你说得斩钉截铁。你愿意安安静静在家，在亲人身边走。然后你说了一句："我对我的一生满意，没有冤屈，没有懊悔，没有遗憾。"

《女神》

你苦笑着说，你明白，到时候了，你将像立冬后的树叶一样地凋落。你说你大雪天去登景山，就是为了告别。送君千里，终须一别。你的手抖着，写下了最后的书法作品：

"让我自由自在地凋落吧！"

你的笔有些颤抖，你的字哆哆嗦嗦，这不足为奇。而你的字稚拙得出奇，你好像回到了十岁以前学书阶段。

你对家人说："我的一生过得很好。我没有不好。我只是想去一趟日内瓦，看看当年周恩来总理开会的地方。"

老公对她的日内瓦云云有点怕，她的言语——神经运动似乎不太寻常，要不就是年轻时候写小说"坐"下了病，虽然过去也听她说过日内瓦，但是神态与现在完全不同。老公还是不住地点头："我们要去日内瓦。"老公向她做了悲情的允诺与庄严保证，老艺术家留学时候当真去过的。

一九八五年，十二月八日。你整个生病期间从来没有回答过家人关于哪里不舒服的提问，见到家人，皮包骨的你仍然显出一点点矜持的笑容，安慰他们。你说了许多次："我满意。我已经满意了。我快要看到毕加索和周恩来……"

　　ZD即张仃老师确实见过毕加索，就像李又然见过罗曼·罗兰一样，然而，ZD见毕加索，是在法国，不是日内瓦。不是你混淆了瑞士与法兰西，是艺术不在乎国界，名湖也不在乎。然后你大声地喘气，你已经昏迷，然后你走了，带着笑容。

　　此际，我正准备着以嘉宾身份去纽约参加国际笔会第四十八届年会，三个月后，我就任中华人民共和国文化部部长。

十六

……在我为如何结束此作而绞尽脑汁的时候出现了两件事，它们极大地帮助了亦真亦幻的浪漫曲收官。一个是大名鼎鼎的学界昆仑身边的学界隐逸，以清且高闻名于国内外的杨绛老师一百〇五岁高龄辞世。在回忆与致敬她的高风亮节的同时也出现了疑忌交加的杂音，并且祸延锺书大师。

　　求静名偏盛，欲潜话益多。隐名名岂隐，无
　意意何夺？今古通中外，扶摇自巍峨。此生终了
　后，几许泪婆娑。

第二件事更切近一点。网上再次出现了著名党员学者于光远大女儿于小红具名与授权发布的文章《白花丁香树》，怀念她的三十三岁自杀的母亲孙历生。是的，孙是

王蒙的同乡同班同学隔壁邻居。拙作《蝴蝶》里的角色海云，颇有取材于孙处。《蝴蝶》开端写到一辆苏制嘎斯69行进中轧过了乌鲁木齐吐鲁番公路上的一朵小白花，取材于写作前一年一九七九年秋初，我重返新疆，与大诗人铁衣甫江一同坐车去鄯善时所见。而文中为过早从枝头落下的树叶而写的抒情独白，被其时武汉大学教授章子仲盛赞并命名为"落叶诔"的文字，令我至今动情。

要紧的是事隔许多年，听姐姐王洒告诉我："文革"后一年，孙历生自杀前数小时，她站立在西四北小绒线胡同自家门口，紧贴我家大门，不停地看看天又看看地。天地不仁，刍狗万物。她不再说话，当天回去，自杀。我非常重视这个细节，痛惜没有将它写到《蝴蝶》里。孙自杀的时候我已去了新疆。我是幸运的，我完全没有碰到过类似的事情。我最后一次见孙历生是即将动身去新疆的时候，也是假日在家门口与她巧遇。她说了她碰到的一件事情，她去救火却被疑放火；还说那事令人"心冷"。那事作为素材，我用在与《蝴蝶》同期的中篇小说《布礼》里了。

于小红的文章说是我妹妹与她母亲孙历生同班同学，错了。是我本人与她同班同学，是俺与孙历生一样年轻，而现时我的年龄是她离世时年龄的两倍半。在历生还上小学的一九四五年，我跳班考入中学，令小红甥女觉得我有多么成熟。孙历生在班上有几次与老师较劲，噘着嘴被罚站，她的大眼睛令人难忘，而我们的同乡个个眼睛都那么细小。红颜受宠，红颜也颇有性情；红颜薄命，她太不幸了。

都是些有灵气的女子。相比之下，你过得还好，其实相当好。

有两种珍惜。一种是因为珍惜什么都不放弃，一种是因为珍惜，什么都不要。而都不放弃的终于丧失了所有，都不要的却还勉强过得去。

在瑞士旅行的时候我为什么会那样确凿地想起你来？当知道你生命的最后时刻会突然提起日内瓦，我几乎叫出声。

我是一九九六年首次去的日内瓦，其时你已经仙逝十一个年头。

到现在为止，我只知道一个瑞士作家迪伦·马特，他写了《贵妇还乡》与《法官和他的刽子手》。

我见过这个人，一九八五年西柏林——那时两德没有统一——地平线艺术节上，我听到过他朗诵日本作家井上靖小说的德语译文。一面朗诵他一面抱怨不知道为什么要朗诵一个日本人的作品。这很不礼貌，会让原作者感到尴尬……幸好坐火车数日来到西柏林的井上先生听不懂德语。

贵妇用大价钱收买杀手杀了一个人，那个人可能不算绅士，但是罪不至死，贵妇的钱多，就打动了不止一个人去杀另一个人。

唉。

有许多出色的女子，有所成就，同时，有的强调冤屈，强调复仇，自恋自怜，愁肠百结；有的强调清高，强调高高在上，强调自己避俗人唯恐不及，仍然躺着中枪；有的强调他人即是地狱，却硬是躲不开可厌的他人。其实很简单，如果你爱一个人，你可能愿意为他写一本书。如果你嫌恶他，你说一个"不"字难道还不够吗？更好的方法是连"不"也不要说。滔滔不绝地说自己，写自己，描绘自己，这样的做法能够表现出超拔与清纯吗？

陕北信天游："青杨柳树十八根椽，出门容易回家难。羊肚子手巾三道道蓝，咱们见面容易拉话话难。"

"日内瓦清水白天鹅，解（读改）不下来也见不着。"这是俺的洋信天游。从首都机场起飞，到苏黎世，LX197，代码瑞航与国航共享，十来个小时。

十七

写布文老师，这是我五十九年前的一个约定，它立项已经太久太久。

二十年前在日内瓦的那一天，虽然一直有藏独活动干扰，纪念两国建交晚会还是胜利举行了。演出开始后，藏独们跳到舞台上闹哄了一家伙，被警察带走，吓坏了来自我国的少年杂技演员，她们吓哭了。

为了写好这篇非虚构小说或者咱们这里更容易接受的说法叫作所谓报告文学，二〇一六年，我申请、获准，专门自费去瑞士游历了一次。我想着的是重写日内瓦湖湖畔的风景与氛围。我希望我能重新看到一个妇人一个飞盘一条哈士奇狗，之类。

我失败了。其实旅游空前成功。在苏黎世看到了被歌德赞叹的莱茵瀑布；在卢塞恩看到被海明威称为世界上最悲伤的石头的纪念路易十六瑞士卫队的狮浮雕纪念碑，应该叫作纪念山；在因特拉肯看到了世上最洁白最清纯的欧洲之巅的少女峰，纯洁的少女峰如诗如梦如仙，从此矗立在我的心里，像你；在沃薇参观了刚刚开放的卓别林故居。我围绕着日内瓦湖，搭乘欧宝汽车也搭乘神话般的黄金线路火车跑了三天，我刻意观察着寻找着寂寞的与热闹的，法国的与瑞士的，浩渺的与清晰的，湖鸥、鸳鸯、黑白天鹅，卓别林与爱因斯坦的河与湖。我得到了许多感想与图画，除去二十年前的场景与对你的忽然想念。

不，没有了那一刻日内瓦的中立的遐想与闲适，那一刻的疲倦与自得、睡眠与不眠，那一刻的谜一样的邂逅与无端想念，那一刻的一种已经延误与失落了大半生的精神记忆的激动与盘旋。我终于发现，已经失去了，五十九年前的来信。二十年前的日内瓦强烈思念。

一个年代，一个陌生亲人，几篇文字，一封短信，一次电话中的笑声，一生的念念不忘……时间没有消磨，而是在加强你的魅力。失望与不成功比情投意合、心想事成更会获得诗神缪斯的宠幸。人生中没有得到的，正是文学中苦苦经营着的。无价的精神资源得自失去了本应珍惜的所有。最期待的狂欢是失去的一切复活在文学艺术中。文

《女神》

学是人类的复活节日。复活，从而更加确认了也战胜了失去。文学的力量是使得没有对应办法的无可奈何花落去，生成了似曾相识燕归来的感动。

比起个人的一九九六年朦胧记忆，二○一六年、世界的联合国的、瑞士联邦（八百万人口，二十六个州）并法兰西共和国共有的日内瓦湖，太清晰了。

回不到几十年前，梦醒了老头儿有点伤感有点受挫，却也只能更加豁达笑眯眯。如同二○○八年参与当时CCTV9现时CCTVNews英语对谈，十二月二十六日播出，当主持人田薇问我"It sounds so optimistic（你很乐观嘛）……"的时候，回答："What else I could choose？（难道可以选择别的吗？）"那次我"混入"纪念十一届三中全会的特别节目，这个节目的嘉宾包括吴建民、龙永图、何振梁、王蒙。吴老何老千古。

为了写好《女神》，读了些京剧书籍，爱上了梨园谚语：

"一哭二笑三念白。"

"一台无二戏。"

"戏要三分生……"

往事不会重现，往事永远活鲜。

假　日

陈布文

　　将要到家的时候，忽然惴惴不安起来，会不会林不在家，门又是锁着的呢？是不是会像上上礼拜六那样，她要滞留在邻居家里，一直到天黑？

　　匆匆的与宿舍守门的老王打了一个招呼，就踩着院子里冻结的残雪，一直向自己的家跑去。

　　门没有锁。

　　她站在门口略略停顿了一下，然后轻轻的敲着：咚咚咚……没有回音，只好推门进去；林没在家，但是有一股温暖的气流，夹着淡淡的烟草味直迎上来。

　　"真是温暖如春啊！"——这是他们的朋友、绰号穷秀才老宋说的，那是在去年冬天，他们才结婚不久，在一个大雪纷飞的日子，老宋来串门，走进屋后的第一句话；这句平常的口语，给他们很深的印象，两人时时回味着，甚至因此而对年过三十，尚未婚娶，住在单身汉宿舍里的老宋同情起来。今天，从四十余里的郊外，冒着十二月的严寒，跑回北京城里的她，对这温暖如春的家，是多么的珍惜与满意啊！

她把带回来的包裹放在床上，就急忙走到书桌前去，正如她所料，在玻璃板下边，压着一张林给她留的字条：

小玉：今天下午有学习，至迟六点五分准到家。林。

她一看钟，已经五点半了。

赶快脱下大衣，打开炉盖，那壶水已经沸腾了，找出了脸盆手巾，愉快的洗了一个脸，然后坐到镜子前边，将辫子打散梳起头来。

在学校里，一个礼拜繁重的学习，生活的弦是绷得太紧了，只有现在，只有回到自己家里的时候，才松弛下来。她一边低低的唱着，一边将自己头发编成许多条细细的长辫子，然后在室中转动着身子跳起舞来……于是在那长大的穿衣镜内，便照出一个穿粉红色毛线衣的苗条少女的美妙舞姿。

咚咚咚……

"谁？"她吃惊的问，连忙停住，两只手一齐向头后按住那许多条摆动的辫子。

"林同志的信。"是老王的声音。

"好……"她将门打开一条缝，伸出去一只手，"给我好了，——谢谢！"她赶紧把门关严，将信塞在玻璃板下边，又走到镜子前面，注视着那微微泛红的脸与乌黑的头发，叹了一口气，坐下来，重新把一条一条辫子又拆散开来。

"唉，维吾尔族的姑娘有多么快乐啊！她们可以梳那样美丽的头，我们是不行的，如果我那样走出去，他们会当我有神经病，就是头脑最开通的人，也会斜着眼睛瞧我，在肚子里说：'要漂亮，爱出风头，轻浮的女人！'"

她嘟着嘴，把头发梳来梳去，最后，她决心一把总，梳成一条大辫子，把它高高的盘在后脑上，像一个印度妇女。

六点半都过了，为什么不回来呢？

她坐到床上，把包裹打开，里边包着一件驼色的毛线衣，是她花一个礼拜的课余时间，给林赶着编结出来的。——想到刚才来的时候，在那拥挤极了的郊区汽车上，因为她抱着这个软软的包裹，显得蹒跚不爽，竟有人以为她是怀了孕，习惯的站起来给她让座，因此引起不少支眼光打量她肚子的情景来，不觉好笑，这是多么善良的误会啊！

她将毛线衣平铺在洁白的枕头上，使林一进门就看见——他正缺少一件合意的毛线衣，买来的，不是袖子长了，就是腰身太小，而且常常挑不出喜爱的颜色，林是不肯穿那种翠绿色的或天蓝色的毛线衣的。

忽然听到脚步声———定是林回来了，慌忙将毛线衣一把抓过来藏在身后，心啪啪的跳着，虽然结婚了一年多，仍然像新婚不久似的，一意识到将要与林见面，心就要跳起来。

"林同志，宋主任请您去一下！"

"他还没有回来呢。"

"哦……哦……"

她听着那陌生的脚步走远了，才失望的转过身，低下头来，将毛线衣小心的折叠好，放到柜里，与林干净的衬衣放在一起，明天早上，她将要催促他："你该换衬衣了。"林去取衬衣的时候，一下子发现了新毛线衣，就会兴奋的大嚷起来："哪里来的这件新毛线衣？给我的吗？

是你织的吗？……"那多好！

怎么还不回来呢？

她抽出玻璃板下边的信来，信没有封，里边是一张请帖，请林在明天下午两点半，去参加XX展览会的开幕式！

"那么，明天一吃午饭就要走了，像以前每个礼拜日似的……"她的心中感到空落落的难受，"他们这个机关真特别，展览会为什么一定要礼拜天开幕呢？为的要人多些吗？——那么为什么只请他一个人呢？难道主办人，以为请的全是单身汉吗？不然的话，是不是以为，一切的人全应该置家庭于不顾呢？"她想到去年春节，林的机关里办的一次盛大的舞会，竟也只给林一张请帖，似乎在欢度春节的晚上，也应当将新婚的妻子丢在一边，而到处去寻找陌生的女同志来伴舞似的；那时林只有苦笑的说："以前我还可以与收票的同志商量商量，赖着把你带进去，现在不同了，我们机关大了，门口是武装的门岗，那是毫无情面可谈的。"于是两个活泼的年轻人，就像失群的孤雁，默默的在小房间里守着火炉吃花生……

"不，明天不让他去，这种展览会哪一天都可以看的。"她将那有请帖的信塞到褥子底下。

"小玉，小玉……"林一下子冲了进来，事先竟一点没有听到动静。

"我以为你今天又不回来了，今天太冷。"他大衣也不脱，将一些大大小小的纸包向桌子上一放，就来握住小玉的手，冰得她连忙将手抽出来，笑着说："怎么这样冷？……"

"风大极了！——城外的风还要厉害吧？"他迅速的脱着大衣、围巾，一边交给小玉，一边去解桌子上的纸包说，"我买了好菜！——王府井开了一个熟菜铺，你一定喜欢，全是你家乡的口味！"

"你呢？"

"我早就变成南方人了，我觉得各种菜里都放一点糖很好吃，"他看着小玉将放茶杯的盆子来装菜，笑了笑说，"家中是要有个爱人像个样。"

小玉低着头微笑，不搭理他。

"小玉。"他走到她身边。

咚咚咚……有人敲门："林同志，给您送饭来了！"

"好、好——"林一边开门端进饭盘来，一边迫不及待的向小玉说：

"还有酒呢！……"

"买的吗？"

"送的，上礼拜六老宋结婚了……"

"老宋与我的同学吕英结婚了吗？"

"就是上礼拜六，你没回来……"

"吕英怎不告诉我呢？她一定早就回来了，今天她们系没有课！"

"林同志回来了吗？宋主任请您！"依然是早先的那个陌生嗓子说。

"好，——就是老宋，他也搬到这个宿舍来了，你去看看吗？"

"不，——明天再去，"小玉踌躇的说："快回来吃饭……"

"立刻就回来，"林一边戴帽子一边说，"吕英也许就来看你呢。"

真是好，有一个同学在这里，以后每个礼拜六回来就有伴了，尤其是在礼拜日回校的时候，一个人特别寂寞！——小玉轻悄的唱着："雪不要下，风不要吹，小小花儿就要开……"她在柜抽屉里，把结婚时买的一对小酒杯找了出来。她虽然不会喝酒，但当她注满一杯，看到那红艳艳晶莹的颜色，就决定把第二个杯子也倒满，——正在这时，听得托托托……极沉重的脚步声，林带着满脸的不高兴回来了。他看了她一眼，并不脱下帽子来，反而去穿大衣，小玉将酒瓶放下，不明白的望着他。

"你先吃吧！"他穿戴好了，走到小玉身边，握住她两只手说，"我要到部里去，部长明天去上海，我非去不可，谈几分钟就回来的，你先吃，你太累了，不要等我，吃了就睡，好不好？——我在那边可以先买面包吃，我回来还可以再吃……"他注视着小玉发愣的神色，怜惜的在她耳边叮咛着："你自己吃，快快乐乐的……这全是为你买的菜呢……"

忽然，听到有汽车喇叭长长的鸣声。

"我去了，他们在等我。"他急急的拉开了门，又退回来低低的告她，"老宋也去，我看吕英也在噘嘴呢！"然后向她点点头，就匆匆的去了！

她忽然感到异常疲乏，房间里似乎冷起来，她懒懒的添了几铲煤，就在炉子边坐下，原来是有些饿的，现在却毫不觉得，甚至反有些饱胀似的不舒服，靠在椅子上，环顾室内：床、书桌、衣橱、矮矮的紫红布绷的椅子……她忽然觉得这一切陈设都那么单调，不像她的家。这宿舍院子里，十多家干部，虽然没有全去看过，但已经走访过的两三家，不也是这样的吗？没有疑问，刚结婚的吕英，一定也是这样一间陈设相同的房子；甚至连那张小圆桌的样子都不会有一点差别。

"明天得收拾收拾屋子，好好布置一下，不要住在家里和住在宿舍里一样，"她的兴致渐渐高起来，计划着买几盆什么花，而且在林的书桌上，要养一盆水仙。她和林是最爱水仙的，去年，就是两个人在买水仙花的时候，决定了结婚日期的。

她想了很多事情，煤也加到第三次了，走得极慢的时间，也走过十点钟了⋯⋯

她很想吃一点东西，然而，不知是由于疲倦呢，还是由于寂寞，那口味全没有了。

她把炉子的火压好，将小饭锅烤在一边，找了一张报纸，将那些菜全盖上。

"林同志，信！"老王又送信来了。

这是两封信，信面上都有三个红圈圈，圈圈里的字是："急""急""密"！——她将它们压在玻璃板底下。

桌子上，林的习惯，是整整齐齐的陈列着几本杂志，几本新出版的小说，几本画报，在一叠笔记本底下，有一本用土纸自己订的抄诗簿子，那是每次两个人见面的时候，林总要拿给她看的，他一发现什么好诗就会抄上去。

她抽了这个抄诗簿，又取了几本杂志画报，坐到炉子边来看。

林是最爱马雅可夫斯基的诗，所以译得较好的几首马雅可夫斯基的诗，差不多全抄上了，在那首"开会迷"后边，她看到有一首《迷开会》，讽刺那些迷失于纷繁会议中的人，迷恋会议胜于一切的人，迷信会议可以解决一切的人。——这首诗似乎是林自己写的。

咚咚咚……

"你多傻，门没有扣上呀！"小玉兴奋的一下子站了起来。

"林同志的电话，有要紧的事！"

"他还没有回来呢。"

这么晚了，还来电话，真是怪事。——她感到更加倦怠起来，头隐隐的作痛，懒懒的靠在椅子上，抚摸着那梳得很好的发髻，然后一支一支拔下发针，于是那像蛇一样粗长的辫子，就从肩头弹开来，溜着拖下去……她渐渐睡去了……

她朦胧的觉着林回来了，他那冰凉的手，他那冰凉的面颊……他还说着什么话，自己虽然很想招呼他，虽然勉强睁了睁眼，感到了房内刺目的灯光，但一切似乎隔得很远，那么朦胧……

忽然，房子里似乎布满了月光，她可以清楚的看到房内的每一件东西，特别是那大穿衣镜，它使她不安，仿佛正有什么东西，要从那不可测知的玻璃深处走出来……正在这个时候，门忽然开了，她想，是林回来了吧？不，那绝不是林，恍惚着有一团黑东西一下子扑到床上来，她拼全力喊起来：

"啊——啊——"

"小玉，小玉，怎么了？"

她醒过来了。

"做噩梦了吗？"林在她耳边问。一边拧亮了灯。

夜十分平静，橘黄色的灯光，使室内一切都沐上柔和的光彩。

她拉着他的手，看了看他腕子上的表说："困呢，还要睡，"就翻过身去，推开他伸过来的手说，"才五点钟呢……"

"五点了吗？"林似乎特别惊讶，声调一下子很高，与这静穆的夜的气氛全不协调，小玉不由得转过身来——怎么回事？林已坐起来了，他迅速的穿着衣服，很快就下了床。

"你睡吧，天还没亮呢，"林在床前，对发傻的小玉说，"我要到飞机场去，送一个外国客人，"他俯下头来，叮咛着说，"很快就回来，咱们一块儿吃早饭！"

大门外，又传来了汽车的喇叭声，而且一长两短，表示催促的意思，——林已经梳洗整理好了，忽然瞥见了玻璃板下的两封信，他将信抽出来，正要看的时候，外边却有人咚咚咚的敲起门来。"来了。"林匆匆的将信塞在大衣口袋里，向睁着两眼望着他出神的小玉点点头，就开门出去了。

小玉在没有结婚以前是怎样过礼拜天的呢？礼拜六晚上总要玩到深夜，一边钻被窝一边还与女友们说笑着，天一亮，不管风霜雨雪，都是兴高采烈的，像一窝小鸟似的飞去！——现在呢，一起身就无精打采，马马虎虎收拾了一下房间，就又梳头，因为转眼便要回学校。

咚咚咚……

"谁？"林回来了吗？心又跳了，但直觉的知道不会是他，如果是林，是不会敲门的，于是又懊恼着，所以并不去开。门外的人，似乎等了一下，感到没有人来开，才毅然的扭开了门走进来。

"啊——吕英！"她出乎意外，所以兴奋起来，一下把来客抱住，又退后一步打量着，瞅着吕英穿的那绿色灯心绒上衣，灰色呢裤子，蛋黄色围巾，长与肩齐的头发，不由笑着说：

"是新娘子哪，你结婚都不告诉我！"

"咱们吃早点去！"吕英说，神情很淡漠，不想理会她的打趣似的。

"吃什么早点？老宋呢？"

"豆浆烧饼，还有什么？大门旁边的小胡同里就有。"

"老宋呢？"

"老林呢？"吕英愣愣的回问她。

小玉默然了。

"等他们回来一同去吧，不是已经八点多了吗？"小玉想了想说，"飞机几点钟开？"

"等他们回来吃什么饭，吃晚饭吗？"

"为什么？"小玉迷茫的看着吕英那漠然的无表情的脸，心里想，她有些意气用事了。

"怎么，你不知道他们今天上午九点钟，要到××，去送×××的殡上西山公墓吗？从西山回来，便要参加两点半××展览会的开幕式，要是两点半赶不回来呢，四点钟部里的茶话会是一定要参加的，副部长请客，为了团结和友谊，谁能不参加呢，老林和老宋更是非出席不可。你就是等他们吃晚饭也不见得成功。"吕英一边说，一边揭开报纸，参观了他们的饭菜，然后又笑着说："昨天你吃晚饭了吗？"

小玉一下子明白了。

"那两封'急、急、密'的信，就是这两件事吗？"

"你没有看吗？"

两人决定出去吃过早点就不必回来了，把该带的东西全拿着吧。

在吕英回去取东西的时候，小玉把褥子下边的那封有请帖的信，取出来压在玻璃板下边，开开橱，想把毛线衣取出来放在床上，但想了想，又作罢了；想找张纸，给林留一个字条，但想了想，也作罢了。看看房内，一切老样子，没有什么要做的，只是将床前林的一双拖鞋放到床底下去，然后拿起了手提袋就走了出来。

"林同志有电话。"老王急急忙忙跑来喊。

"他还没有回来呢！"小玉苦笑着说。

雪后初晴的天，异常爽朗，北京街道上总是很热闹的，尤其在礼拜天，人挨肩接踵的来来去去，各家店铺里的人，更是密密层层。

她们吃过早点后，因为吕英要买棉鞋，两个人就在百货大楼挤了半天，又上东安市场逛了一转。小玉买了十颗水仙头。

"带到学校里去吗？"

"我回学校要布置布置房间。"小玉说。

不必形容汽车有多么挤了，但是两个人挤得比较有趣些，所以一下车，小玉就说：

"咱们两个人好得多！"

"下礼拜你还回去吗？"

"你呢？"

"我不！"吕英冷冷的说。

离　婚

陈布文

在害扁桃腺炎的时候，科里的一个科员——小宋——一个十九岁的挺漂亮的姑娘，照顾他照顾得多好啊！

扁桃腺的病是好了，却留下了难治的心病。

"我要恋爱，我难道不能恋爱吗？"这个问题像魔鬼一样缠住他，"为什么我就不可以恋爱呢？我要恋爱！"

每天，工作已经够紧张的了，他没有时间去细想，一到夜静更深的时候，他就睁着满布血丝的失眠的眼，全副心力的做起斗争来，主张恋爱的自己和反对恋爱的自己斗争得很激烈。常常是主张恋爱的一方面胜利。像生了热病一样，他常常在半夜里忽然从床上坐起来，自言自语："当然，我可以恋爱，为什么我就应该一辈子也尝不到恋爱的滋味呢？我需要一个温柔多情的女人。我勤勤恳恳的工作，难道就不能有一点点享受吗？又不是要贪污腐化的去乱搞……老实说，如果我能够生活得更好些，我的工作效力还会更高些，我的才能还没有尽量发挥，这与我孤寂枯燥的生活是有关的。我需要一个真正的爱人！——我有什么顾虑的必要呢？"

小宋的影子常常在他的脑子里晃动——挺苗条的身材，瓜子脸，双眼皮的亮晶晶的眼睛，一对酒窝，两条辫子。

决定离婚，与家乡的妻子离婚！

家乡的妻子叫杏春，他从不对人们谈起她，竭力避讳谈到她，不单单是在口头上，而是在内心上竭力避讳。

他双手捧着脸，出起神来了。

"林方，你又发病了吗？"他忽然听到党支书老梁的声音，他想起来了，昨天吃过晚饭，他在一种要求快刀斩乱麻的心情下，特地去找老梁，想对他说明这件事，然后提出离婚的意见；当时老梁不在，他曾留下条子，说有要紧事找他，希望能赶快谈一谈，所以一早老梁就来了。

"没有。"他站起来，迟疑的说，用手把头发往后撩撩，一时心又乱起来了。

"你眼睛都红了，——有什么事只管说，家里有信来了吗？"

"对了，昨天傍晚，家乡有人来给捎了个口信，说是我母亲病得厉害。"

"你找我就是为这件事吗？林方，我真想不到你还这么孩子气！"老梁笑着拍拍他的肩说，"可以回去一趟，我想……"

家乡是一个偏僻的地方，在火车上坐了四个钟头，还要坐汽车。

从前，一坐上汽车，他的心情就开始激动，一站一站，离家愈加近了，心情就愈加激动了：亲不亲故乡人！——听到那些家乡腔调的口音，就忍不住要去和他们谈谈，问问地点，算算彼此村子的距离。

可是，这一次完全不同，他坐在汽车上像一段木头。

怎样在党支书面前说的谎，怎样告的假，怎样买票上车……他全恍恍惚惚，像在做梦一样。

真是荒唐，事先根本想都未曾想过，——但那潜意识，岂不是因为心中又苦恋着小宋，只有回去，先与杏春谈通了再说？

现在是，就要到家了，赶快得准备好，怎样表示，怎样说。

然而，昏头昏脑，思路好像更乱了。

"怎么的？"他焦急的怪自己，"快些，先明确这次回家的目的。"他想用行政命令的方式，来处理自己乱麻一样的心情。

车到银庄了，下车上车的人似乎不少，而且那说话的腔调全都是自己最熟悉的。——千万不要遇见什么熟人啊！

"舅舅、舅舅！"一只汗热的手抓住了他那发凉的手，他一惊，看到一个十三四岁的孩子，睁着两只大眼，高兴的招呼他。

"哦，小保，你怎么……你在银庄上的车吗？"

"我到银庄来开会。"小保挤到他身边，这时，车厢空档里全站满了人，另外有一个十四五岁的孩子也跟着挤过来，他们两个都是红领巾。

"开什么会？"

"青少年植树能手代表大会。"小保忽然提高了嗓子说，"舅舅，舅母是植树模范，您知道了吗？"

"你舅母是谁？"车子里一个穿干部服的男子，从前边转过头来，笑嘻嘻的问。

"林杏春！"小保回答，眼睛里流露出一种骄傲的表情。

"喔，林杏春，她不是小村乡的人民代表吗？"一个抱孩子的女人说，眼睛瞅着林方，仿佛是问：难道你就是林杏春的丈夫吗？

自从小保一叫他舅舅，就有好几个人微笑着转过脸来，想和他谈话，但他只装作不理会。——他现在不想跟什么人谈话，就是对自己几年不见的外甥，也只是敷衍了事，他要在到家之前，赶快做好自己的发言提纲，——然而，现在人们谈出了使他惊异的材料，使他涣散的心情更加收不拢来了。

乡人民代表，植树模范，这是怎么回事？

"你妈妈好吗？"林方搭讪着问，"你爸爸常常回来吗？"

小保一边回答说妈妈很好，一边与他的同学争着看远远的田岗那边挖渠道的工程，其实汽车过得那么快，看不清什么。

"礼拜天我带您去看挖渠道，"小保兴奋的说，"您刚才看见渠道工地上的小红旗了吗？"林方说没有看见，只看见很多很多人在挑土。

小保的同学说，这是小渠道，还有大渠道呢。

"对了，在大渠道上，有一面红旗的地方，就是青年突击队的地方。我妈妈和舅母都是青年突击手！"

青年突击手？——林方一愣，杏春那瘦小的身材在他眼前浮现了出来。在画报上，特别是在舞台上或电影上，常常看到的青年突击手，那些人真是结实极了，真是胳臂上都能站人。杏春是家乡姑娘媳妇群里身子最单薄的一个，她怎么成为青年突击手了呢？

到了小村。小保一手扯住林方，车门一开，两个人都踉踉跄跄的下了车。

"这桥是新造的，"小保介绍着，"舅舅，你看，我们这儿也造工厂了，那边，红砖墙……"小保又叮咛他同学道："你先回校，我就来……"一边挥手给同学打招呼，一边又扯一下林方说："看，外国肥料，比利时的，今年的麦子多好，才过清明，大麦子都这么鼓了，——这些树全是新种的，没有一棵不活。"

有谁不爱自己的故乡呢？特别是林方，这里每一条田堤他都熟悉，每一棵树木他都认识，可是，今天，怎么的？熟悉的田堤没有了，不认识的树木又太多了，他对自己住过二三十年的地方大大睁开了好奇的眼！

"看见村子了吧，今天我不去看外婆了，礼拜天见！"小保走到大路口就和他告别了。

远远的就可以看到，那造在村边的他家那三间草房了。三年不见，屋子似乎更旧些，屋顶上的草都发灰色了，特别是与旁边新盖的三间瓦房比较起来，它显得多么矮小多么寒微啊！"那三间新屋是谁家的呢？"

细竹编的篱笆墙围了一个大院子。他走到篱笆门前，粗竹编的门关着，推也推不开，他没奈何，只得叫了："杏春，杏春！"

"哪个？"他娘来开的门，娘看到他高兴极了，拉过身后边的孩子来说："小方，快叫爸爸！"

娘接过他手里带的东西，他顺手抱起了孩子："小方，叫爸爸，——娘，这孩子多大了？"

"你走的那个月生的，你走了快三年了！"

他瞧瞧院子，很干净，没有看见杏春。

"这是我们的房子吗？"他跟着娘走进了新房子，这才想起来，在杏春有一次给他的信里，谈到过家里盖房子的事。

他娘笑起来了，一边给他打水洗脸，一边说："你结婚的那间草房，给三只小羊住了，你去看看……怎么，造房子，生小方，杏春的生产互助组得了模范，不是在信上告诉你了吗？"

　　他是收到过这样的信，为什么没有引起自己的重视呢？这是多么大的事啊！——唔，对了，正是三反，那时自己有些问题受到审查，心情很坏；以后又大病了一场，对一切都似乎有隔世之感了。——"我的感情是不健康！"他仿佛看到自己什么隐秘似的，连连摇头。

　　"你不喜欢吃面条？"他娘正端了一碗青菜下的面汤来。

　　"我很喜欢，娘，我是想起了别的事……"

　　"想什么，吃饭都想心事，神经要坏的。"

　　他又一愣，想不到六十一岁的娘，会说出像"神经"这样的名词来。

　　对着他饭桌的正中墙上，贴着两张奖状，一张是区劳动模范，一张是区植树模范。

　　"杏春呢？"

　　"她还有工夫在家？"娘用不满意的口吻说，"天不亮就起身，孩子往我身边一扔就走了，中午回来吃口饭，一转身又不见了，晚上，回来现现成成的吃饭，吃饱把碗一放："娘，我开会去！'这一去，有时直到鸡叫才回来，我提心吊胆的也睡不实在，你想，年纪轻轻的，我们这住处又荒凉……"

離婚

"今天她下地了？"

"开会，她是乡人民代表，今天到区上开会去了。"

他要重新来认识这个家了！

原来的三间草房子做了牲口棚与粮食库，另一间做了厨房。这三间新瓦房，中间是堂屋，东边是娘的房间，西边大概就是杏春住的了。

"你收到我的信了吧？"娘收拾了碗筷，就坐下来拍小方午睡，一边问他。

"没有。"

"没有？——我还当是你看了信才回来的呢！"他娘坐到他身边，把头靠近他耳边低声说，"不得了，你再不回来，我也不想活了。我活着是多余的。家里又没有让我做主的事。——杏春眼里还有什么娘，我还敢说什么？她是政府的大干部……你猜她要做什么？前天，不，大前天，有三天下雨，她没有出门，给我做起工作来。'娘！'她说，'我家入社好吧？'我一听，心都落到肚脐，我问她：'你要入社，入社有啥好处呢？''好处太多了！'她就给我宣传起来了，一句也不中听，全是胡扯，我说：'不，我辛辛苦苦一世，苦得我与你男人就差个没饿死。多谢毛主席分给我这几亩好田，叫我在死前

125

头过两天好日子，我不想作践！'她说：'我已经报名了！'我说：'你这是要我的命！要命容易，要田入社办不到！'所以我找人写信，叫你赶快回来，你总要与娘一条心，娘的甘苦你是知道的，杏春会听你的话……"娘说着，哭起来了。

"娘，"林方把孩子抱过来，一边拍着一边说，"娘啊，我告诉你……"林方用自己的全部智慧，全部对娘的爱与悲怜，将农业合作化的道理，委婉的，真挚动听的，用显而易见的比喻，用各种实际生活中的例子来解释，因为他曾经是农业上的能手，因为他经过政策的学习，特别因为他是娘最心爱的儿子，所以，最后，做娘的沉默了。

"我去磨一点糯米粉，给你做团子吃，"娘擦一擦眼睛站起来说，"我到河东姚家去磨，小方睡熟了，就放到床上吧，杏春也快回来了……"

林方抱着小方走到杏春的房里。他非常熟悉这个房间的气氛。他把小方搁好，站起来，打量一下整个房间的布置。蓝花夏布帐子，蓝花棉布被子，那一对绣着花好月圆的枕头，还是五年前结婚时的老样子。墙上有一张自己三年前带回来的照片，二寸半身像，贴在一张大红纸上，大红纸的四角还镶着金纸的剪花；窗子边挂着一盏小灯笼，红的，也贴了金花；杏春原是剪花的能手；灯笼的底盘上还有蜡油，显然是过年的时候给小孩玩的。

他坐在床沿上，拉开身边一个抽屉，抽屉里很空，放了一册识字课本，还有两本练习写字的本子，一截短铅笔，有一页单纸片，林方抽出来，一看似乎是给他写的信，上边写着："林方，你不回来……"再就是歪歪斜斜，写了不少个：林杏春林杏春……

林方有些疲倦，躺在床上，身边睡着儿子，年迈的娘忙着出去了。他竭力使自己思路归结到这次突然回家的目的上，可是，仍然是心乱如麻。

房间是这样清洁，这样朴素，就像林杏春本人一样。

杏春原姓杨，小村的风俗，是妻跟夫姓的，为了这个姓，林方想起了一件往事来。

那是在解放后的一年，登记户口，正是春节时候，林方在家过年还没回厂。那一天，他做了一个大蝴蝶风筝，线已经绷好了，预备去放，杏春却拦住，说白风筝太素，一定要剪几朵红花贴在上边。正在她剪花的时候，登记户口的人来了。

"你妻子叫什么名字？"

"林杏春。"

"什么？"杏春发急的大声问。

他怕娘不高兴，用眼色暗示她别问，出去再说。他俩就出来了。

那是一个非常晴和的早春天气，杏春站在高岗上，他拉着线。

"跑！"杏春一喊，把风筝往高一举，他就没高没低的飞奔起来，乘风而起的大蝴蝶，冉冉高升。

"好了，好了……"杏春也跟着他跑，一边喘一边笑着喊，他这才站住了脚，一边整理手中的线轴，一边望着那在天空的蝴蝶，稳稳的，轻巧的，美极了。

"好不好？"他笑着对走近身边的杏春说。

"好！"杏春笑着拍着手说，"跟天上那只鸟一样大了。你说，鸟明白不明白它是风筝呢？"

"痴话！"他对结婚不到一年的妻子的天真，感到从心里看出来，"你是傻丫头！"

"你傻！"杏春脸一红，就跑过来夺他手里的线轴，一边要求，"给我放放！"

"慢一点，你别把它放走了！"他把线轴交给杏春，一边再三叮咛着。

"我问你，"杏春满意的瞧着自己放的风筝，"我怎么变了林杏春了？"

"你不姓林姓什么？"

"姓杨！"

"姓杨的丫头没有了，现在是姓林的媳妇了……"

"我就姓杨！"

"姓林，姓林，你一辈子都姓林！"

"不不，就不……"

"快给我，"他看见风筝在天空摇摆起来，连忙抢过来，纠正了一下线，回头看到杏春十分吃惊的脸色，觉得好笑。

"来，我悄悄的告你一句话。"

"什么？"杏春走到他面前，他一把拉住她，在她耳边低低的说："傻丫头，我这样爱你，你还不肯姓林？"

"舅舅！舅舅！"他一回头，看见他表妹在抿着嘴笑，他们不知什么时候走来的，那叫他的，就是今天汽车上遇见的小保……

现在，他很惊异，这些事怎么一下子全涌上心头了，为什么很久很久以来自己又把它忘记了呢？

"娘！"他忽然听到杏春的声音，像做梦似的，一下子坐了起来。

杏春进来了，她看见他了，她愣住了。忽然，她把手里夹的棉袄往椅子上一丢，就扑过来。

"你回来啦！"她扑到他怀里，呜呜的哭起来，不像是妻子，倒像是受委屈的小女儿投在妈妈怀里似的。

"杏春，杏春……"他把杏春扶住，一同在床边坐下，"杏春……"

"你吃东西了吗？"杏春擦了擦眼泪，红着脸说。

"吃了……"

"谁给你做的，娘给你做的吗？"杏春看着他，忽然又流下泪来。

"哭什么？"他一边问，一边心在悸痛，声音有些发哽。

"你也哭了呢。"杏春拉着他的手说。

他看到杏春那孩稚气的脸，那种对他完全信任的眼光，看到她那褪色的老蓝布衫子，看到她那小巧的可怜的身材，——他虽然尽力抑制住自己，可是仍然泪水盈眶。

"我的心里多么难过，你不明白我的心里是多么难过！……"

"我更难过！"杏春满眼是泪，却笑着说，"我比你难过一百倍，一千倍——千倍还不止呢！"

"唉！"他握着杏春的手，看着她的面孔说，"完全是小孩子，奇怪，这么劳动也不老，儿子都这么大了。"

"你更不老，你是个美人……"杏春顽皮的说，把自己的手抽回来，撩着头发。

"你想到我会回来吗？"

"想到，——而且我知道这两天你一定回来！"

"为什么？"

"我做了一个梦，——前天夜里，你别哭，真的，我醒来的时候，正是三点钟，最灵了，是不是？——我看见你回来，不记得是怎么回事，说是你生气了，要打我，我哭着醒过来；人家说梦是反的，对不对？"

"反的就是怎样？"

"就是你不打我……"

林方抱住她说："唉，杏春……"

她挣脱了，拉着他走出来。

"你看，"她指着院子里的一棵桃树说，"我天天祷告，要是你回来，它就开花，去年没开花，今年真的开花了！"

林方看看那棵桃树，小得可怜，但是真的有几朵花！

他的心在巨流中激荡，他控制不了自己，他开始无法明白自己了。

"你想什么？"杏春望着他说，"我知道，你在笑话我！"

"笑话你什么？"

"我的信写得不通，这是我第一次写信呢。"

"你写信给我了吗？"

"你不是收到我的信才回来的吗？"杏春拉住他的手说，"那么真是你自己要回来的吗？你真没有忘记我吗？——有多少人给我担心，他们说你总不回家，信都不来一封，他们说也许你不要我了……"

正在这时，小方醒了，两个人都回到房间里去哄孩子。

"我要爸爸抱，"小方推着妈妈的手，"要爸爸，我有爸爸，小保没有爸爸……"

"哪一个小保？"

"你的外甥呀，——去年表妹离婚了，你还不知道吧？"

"怎么，她离婚了？我今天还看见小保的，孩子都那么大了还离婚？"

"谁像你这样老实！小保爸爸不过在城里什么工会当个支援，就看不上自己共过甘苦的妻子了，像你这样比他大多了的干部，还不丢掉这个文盲，真正是个傻子！"

林方抱着孩子往外走，一边找话说："晚上吃什么？"

杏春笑着说："你想吃些什么？好，我给你包猪油白糖花生米团子吃，你是老爱吃甜的。"

杏春高兴的拿出半篮花生来："小方，咱们跟爸爸剥花生米！"三个人就在院子里剥起花生来。西下的太阳，把小院子照得金光闪闪。

"你写信给我干什么？"林方问。

"娘没有给你说吗？——为了入社啊，为了入社的事，我的心都焦成灰了，望你的信真要把眼睛都望穿了，想不到你会回来！"杏春忽然停住不说，注视着林方愣了一下，急急的问："林方，你想，我们怎么能不入社？"她忽然又停住，眼光显出犹豫的神情，站起来说："林方，你是个党员，我想，你不会反对我入社吧？"

林方不觉笑了起来："你怎么担心我会反对入社呢？"

"那么，你是真的同意我入社了？"

"当然，杏春，我们一定入社，没有第二条路……"

"真的？"杏春一下子扑到林方身边，"真的，我们入社？"她忽然满面是泪，"你同意我入社太好了，我这个仗打胜了！"她一边笑一边又不住的擦泪。

"娘不哭……"小方来拉她，不明白是怎么回事，也要哭了。

"吃花生米，乖，看，这颗大不大？小方，妈妈不是哭，妈妈太高兴了，咱们入社，爸爸说的，一定入社！"她抱起孩子来，用头去顶他的肚子，顶得孩子咯咯咯的笑个不住。

"你真是孩子脾气，一忽儿哭，一忽儿笑！"林方埋怨的说。

"你知道什么？我挨了多少骂，受了多少困难。这两年你不回来，我好像过了二十年。我又不会记笔记，就是开会听人家讲得好，自己也记不住，深一些的文件又看不下去。农业合作社，我知道好，自己一说就笨住了，工作还是要做。你知道，落后分子恨得我入骨，我又没有一个可商量的人，有话说不出，总是自己发急……"

"一定老是哭了？"

"哭是哭的，可是我从来也没在人面前哭过，我干什么哭给别人看，我一定要把工作做下去；可是，这次入社的事，非同小可，娘就要与我拼命呢！"

"林杏春，林杏春！"篱笆门外，有一个妇女在喊她。

"来了！"杏春赶紧过去开了门，在门边低低的说了一阵什么，杏春走过来对林方说："我出去一下，就回来！"

杏春一走，林方心里忽然觉得空虚起来，很不满那将她找去的人，"怎么这样不体贴人家！人家夫妻两三年不见面了，她却忙着把人给招呼出去了……"

"林杏春，林杏春！"忽然，门外又有一个男子的声音叫起来。

林方很快的跑到门边。

"哎哟，你是大海哥吗？"

"林方，是你？哎哟，回来的好！"

两个自小在一块儿长大，一块儿在地主家当过长工的好朋友见了面，坐到堂屋里，欢天喜地的谈起来。小方独自坐在院子里剥花生，一边剥一边吃，篱笆没有关好，不知谁家的大公鸡高视阔步的走了进来，走到小方身边，和他一同吃起花生米来。

"我找杏春，就是为了办社的事！"大海开始言归正传了，不知怎的，一谈到办社这个问题，声音就涩，脸色就暗下来。"困难得很啦！——我们这里，新中农比老中农的脑筋都死，我们坚决要办社的只有六家，申请书是早就递上去了，刚才听到一个风声，说六户不准办社，至少也要三十户，还说正式的社总要一百户，人家大地方办的社，总有几百户几千户……"大海一只手不住的在桌子上画着，仿佛要把他焦虑的心情画出来，"这不愁人？哪一天我们才办得了社呢？——刚才，我们几家商量了一下，预备再写一次申请书，坚决要办社，不管怎么样，单干是不搞了，互助组也没劲！所以我来叫杏春给你通个消息，问问政策……"

"大海！"林方激动起来，"为什么你们一定要走集体经济的路呢？"

"为什么？"大海瞪着林方问，随即又笑了起来，"我的好兄弟，你这是要考我吧？你现在要是回来种田，是不是还愿意像从前那老样子，眼睛盯着鼻子尖，田像一块豆腐干，一年忙到头，得的粮食可以一五一十的数粒粒，什么文化，什么政治，什么学习也办不到，这算什么生活，这算什么生产？你瞧你们工厂，有领导，有组织，有计划，唉，那才有意思，那才有发展！"

"哎哟，哎哟，人都到哪儿去了？"娘在院子里嚷起来，一边赶着鸡一边叨咕着，"尽着孩子作践，你娘还没回来吗？——花生糟蹋得这样……"

大海向林方递过眼色就告辞，林方一直将他送到大门外边，大海笑着低低的说："你娘为了办社的事，见面都不睬我呢！——可是，杏春真了不得，思想比我还通，不要说咱们这个乡，就是全区也数上她先进啊！知道你的，还以为是你教导她的呢……"

吃晚饭了。

美不美，故乡水！什么是最好吃的东西呢？对于远游归来的人，就是家乡亲人手制的粗菜淡饭！

"娘，不放花生米，白糖猪油的团子也很好吃呢！"杏春捧着碗，嘴里叫着娘，眼睛却望着林方说。

"我觉得不放花生米还好吃些。"林方笑着说，瞥一眼杏春，赶紧埋下头来吃团子。

"花生米给儿子糟蹋掉了……把好花生喂人家鸡吃……"娘半恼半笑的说，"自然只好说没有包花生米的团子也好吃了……"

杏春听得外边有人喊她，就放下碗跑了出去，他娘向林方点点头说："忙不忙？一顿饭都吃不定心！"杏春笑着拿进一封信来，往林方面前一撂说："看看，这个书呆子说的什么？"林方狐疑的瞧了杏春一眼，抽出信纸来看，信是铅笔写的，字迹很不清楚，林方费力的一个字一个字往下念：

　　杏春同志：谢谢你，我们一家都谢谢你，过
　两天我登门道谢，你是积了德了！
　　敬礼！丁有荣。

　　"丁有荣是谁？"林方问。

　　"这是丁有荣写的？"娘说，"他女人要离婚，离了没有？"

　　"怎么能让他们离呢？"杏春说，"我们已经调解了好多次了，刚才我就是在他们家，这一次总算谈出一个结果，她女人答应，再等三个月，要是有荣能劳动，她就过下去……"

　　"你去管什么闲事，"娘发起急来，"有荣做过地主的账房，人家都骂他是狗腿子，哪里也用不上他，他还能劳动个啥？"

　　"不要紧，"杏春笑嘻嘻的说，"我心里有底，我知道，他政治上没问题，现在他对政策的认识也不错，他女人的劳动力又强，他女人要离婚，就因为怕有了他入不了社。我与大海已经谈过，可以吸收他家入社，丁有荣可以当会计，不一定要下地。这样一说，他女人乐得眉开眼笑了……"

小方因为吃多了花生米，不想吃晚饭，靠着奶奶打瞌睡，所以奶奶一放下碗就抱起孩子说："孩子要睡了，你今天不开会吧？"

"不！"杏春瞥一眼林方，林方赶紧从他娘怀里把小方抱过来，一直抱回自己房里去。

杏春也跟了进来。

"真是奇怪。"杏春一边铺床一边说。

"奇怪什么？"林方把睡熟了的小方放到床里去睡，一边问。

"昨天你还在上海，今天就在家里了，昨天你有没有想到今天在家里的情形呢？"

林方不觉发起愣来。

"你想什么？"杏春问。

"我想也是奇怪。"林方回答而且还摇了摇头。

"糟了，灯里没有油了！"杏春一边捻着灯芯，一边着急的说。

"不用亮了……"林方一口吹熄了灯。

"不行！"杏春赶紧从床头边摸出一匣火柴芯，"还有蜡烛呢，我把灯笼点上吧！"

灯笼一明，房间里弥漫了红光，照得杏春与林方的脸都红了。

"好像过年了。"杏春笑着说。

"不，好像是咱们结婚那个晚上……"

"什么？"杏春背转身子说，"你总是说笑话……"

林方抱住她，但脸色却很严肃的说，"真的，不是说笑话，我决定与你结婚，我再不离开你了，一辈子！……"

黑　妞

陈布文

月给我的是一只小黑猫。

我是什么猫都爱的——一只小黑猫，这太好了，我真是兴奋得不行，我实在最最爱小黑猫了。倒不是因为大哥给我讲过爱伦·坡的故事，那是可怕的，这家伙写黑猫可写得真骇人，也真好，或许是大哥讲得好。在我的印象中，曾经有过一只爱伦·坡的小黑猫，巫婆似的。不，我这只小黑猫，却不是那种，我的小黑猫，看来极温顺，她还太小，她只是十分十分的可爱。而且，我的小黑猫一出现，我印象中的那个可怕的东西，立刻无影无踪了。

我一路琢磨着给她取个什么名字。

小哥达达，在阳台上挂帘子呢，我大声嚷："达达，给小黑猫取个名字！"

达达手也不洗，立刻就来抱猫，我们一齐跑进客厅，达达的兴奋不亚于我，他一下子问了我足有一百个问题，然后叫我拿牛奶来喂猫。

"叫小包公。"达达说，因为包公的脸是黑的，我不同意，因为她绝不是一个老头子。

"反正得叫黑什么，反正得与黑有关……"我们两人的一致意见是，要取个与黑有关的名字。

妈妈来了，她看见了小黑猫，没有兴奋，只是说："达达把猫抱到厨房去，——星星别走。"

姨妈也进来了，她把沙发上弄的牛奶、泥，仔细的抹去，她手中永远都有块抹布什么的。

我的白衬衣弄脏了，短裤上也是牛奶，我想妈妈要说我了；达达也弄脏了，但是妈妈不会说他，他不是经常如此，他不过这一次太兴奋罢了。

爸爸来了，爸爸是笑着的，他这几天不上班，正在画一幅有小羊和向日葵的画。

"考完了吗？"妈妈问我。

"考完了，考完了……"我一下子想起来了，今天是去考中学的第二天，也是最后一天，考完了，时候还早，我就到月那儿抱小猫去了，这几天总担心，月把小猫给了别人，唉，我全忘了考试的事了。

"考得满意吗？"爸爸笑着问，他是宽厚的，——那意思是，考不太好，也不怪我，他认为我还小，十一岁考中学，爸爸并不以为需要紧张。

"我算术只错了一个0……"

"怎么叫错了一个0？"妈妈问。

"比方说，一个题的得数是490吧，我写成499了，我写0的时候，把笔画下来了……"

"作文是什么题？"

"写一封信。"

"你们老师预计对了，给你们练习过多次了，你是把自己最好的一篇背着写上的吧？"

小学毕业考试之前，我们班老练习写信，我还受到公开表扬过两次呢，一次是写给妈妈的信，关心妈妈，健康什么的，一次是给大哥的信，因为他考上了清华大学，我为祖国的工业现代化向他表示祝贺……这两封信，在学校成绩板上都先后公布过，王老师还特地到我家来对妈妈讲了这些事。——然而，这是过去的作文了，老师改过的，我绝不照抄，哪怕是抄自己的稿子呢，什么作文，也不能照样写第二遍，我真不能那样，我一切得重新做过。

"我给肯尼迪写了一封信。"

"什么，你写给什么人？"

"肯尼迪，美国的肯尼迪，我要他把越南的炮火停下来……"

妈妈看看爸爸，爸爸笑了，点上烟斗，摸一下我的头，上画室去了。

妈妈叹了一口气，坐到窗前，慢慢对我说："你总不肯老老实实，像人家么做，这个题本来还容易，别的同学，一定把过去练习时候写的作文用上了，这是可以的，这不是抄人家的吗！何必另外写？另外写，也可以给你真正想要写的人去信吗！为什么给肯尼迪？对于政治，军事，外交等，你懂得太少了，你怎样写的呢？"

我一点也想不起来了，我真是一句也想不起来了，不过，肯尼迪在当时，正是我真正要写信的人。每天，我从广播中，从报纸上，从老师的时事报告中，我对越南的抗战太焦心了，我每次听到关于越南的情况，我就想，我得给肯尼迪写封信……

妈妈本来只是担心我的算术，她知道我对数字很粗心，但对我的作文是有把握的，这一来，妈妈觉得不妙，不过，她也没说什么，是的，说什么也没用了，考试已经完毕了。

"妈妈，如果她是母猫，不可以叫包公吧？"这时候，达达抱着小猫进来了，他准是来解救我的。——小黑猫似乎吃饱了，她跳上沙发，在蓝花布垫子上坐下，开始洗脸。她全身通黑，只有胸口是白色的，只有一小块心形的白色胸脯。

妈妈想了想说："叫黑妞吧……"

"好，好，黑妞、黑妞……"达达对我点头，笑着，一边就去打电话，他一有高兴的事，就告诉勃，勃是他的好朋友："我们上庐山可以带她去，咱们可以带着她去打猎……"

妈妈说，庐山并不是打猎的地方，小猫也不能当猎犬用，但是达达坚持说："可以训练。"

达达在他们学校大会上，做青年团学习报告的时候，很像一个青年领导干部，但在家里发空想的时候，妈妈说，他比幼儿园的孩子都天真。

猫来了，我们差不多天天吃鱼了。

现在，黑妞跟我们很熟了。她分辨得出我们不同的声音，她知道自己的名字。

"黑妞。黑妞……""喵……"

"黑妞。黑妞……""喵……"她答应我们。有时他

睡在窗台上，帘子挡着，我看不见她，就大声喊："黑
妞，黑妞！"她就"喵……"把声音拖得很长，我拉开帘
子，她昂起头，盯着我轻声叫："喵。"好似说，干什
么？别那么大声叫！

在晚上，她总坐到台灯下边，那是一个金色立杆台
灯，大哥做了一个黑色波浪纹大灯伞，这个黑妞，她端端
正正的去坐在灯伞下边，两只前脚直直的支住身子，灯泡
在她颊边放着强烈的光，照着她张起的、银丝似的眉毛与
胡子。她望着我们，两眼金光闪闪，真漂亮极了。

"握握手吧。"妈妈向她伸出手，她就伸出一只前脚
来……我们都去跟她握手，她的小脚像黑绒球，绵软极
了，她把瓜子全藏进去了，她真是柔和温顺极了。

但是，有一天下午，达达的两位女同学来访问，她们
微笑着，正双双的在沙发上坐下，不知黑妞从什么地方
冲了出来，她骄勇无比的向她们猛扑过去，"哎哟，哎
哟……"她们都失声大叫着跳起来躲避，差点把达达给客
人端来的茶碰翻了。"黑妞！"达达放下杯子责怪的喊，
"你干什么？这是咱们的客人……"黑妞一声不响，亮起
眼睛，张起胡子，尾巴翘得高高的，面对陌生者严阵以
待，——她似自居为这个家庭的警卫。

后来，达达送她们下楼时，她们竟问出这么一句话："你家养的是什么野兽啊？"

每天黄昏，我们都到爸爸画室去，这是他休息的时候，以前是大家聊聊天，听听音乐什么的，现在，我们都看黑妞表演了。

"藏猫猫"这句话，一定是由于小猫爱藏起来逗人而传下来的吧？黑妞在我们椅子这边，沙发底下，画板中间，她躲起来，又露出半个脸，又自惊自卫的迅速改藏隐蔽处。我丢一个乒乓球，她就追着跌着猛赶。达达把一张画画的废纸，团了一个球，抛在地上，她就如临大敌，先过去用一只脚碰一下，然后跳开，绕一个圈子，再转过来窥探，又试着举起一只脚去扑打，纸球给她推动滚起来的时候，她大惊，侧着身子跑一个弧形线，然后扑过去抱起球，一跳很高，再扔开球，前捕后追，耍出各种姿态。

"咱们没法看老虎抓小兽的样子，看看小猫的动作可能有相似之处……"爸爸吸着烟斗说。

"猫是老虎的师傅……"姨妈说，她这个故事我们已听过好多遍了。妈妈说："她在练习抓老鼠呢……"

黑妞是喜欢自我表现的家伙，她总想引人注目，妈妈有时写什么，没工夫欣赏她，她就坐到妈妈的稿纸上，去抢妈妈的笔；有时，她一本正经的坐在书桌上，傍着爸爸，看他画画。她跟我们就是闹，她一直爬上我们的肩头，打我们的耳朵，亲我们的脸，用胡子扎我们的眼睛，——对勃也熟了，勃一进门，她就抱住他的腿，但勃要带她回家去玩玩，她可决不干，一次抱到半楼梯，她在他怀中挣扎不出来，就咬他的手……

当然，她对达达最好，有一次达达看书睡着了，她就在他旁边躺下，也侧着身子，——我走进去，看到了，真吓了一跳，我当小猫成了精呢，一只猫也侧着身子，像人那么睡下，像小姑娘似的，你看了都不相信自己的眼睛，你不能不大吃一惊！

1966年的暑期，特别热，达达的中学校，根本没有放假，天天都开会，爸爸也不能画画了，也天天都开会，似乎到处都在开会，一清早，就听到高音喇叭的广播："文化大革命16条……"

大家似乎都不安，都议论纷纷，都有些紧张，都显得迷惘……"什么叫文化大革命？"我问。

妈妈很严肃的告诫我："你要天天听广播，你要天天看报，广播中说的，报纸上写的，你要好好学习，这是政治运动，可不能随便胡扯，也不能随便发问——你知道吗？你不小心，就会惹出大问题……"

其实，我也是知道的，我去买鱼的时候，听人家讲，菜店里的一个工人，问了句"江青是干什么的？"就打成现行反革命，给抓走了……

忽然，我们买不到鱼了。

姨妈要我和达达分头去找，我到附近的菜铺去找，——附近有两个菜铺，我跑到马路那边的铺子，那是个大店，总有鱼，有时几种鱼同时出售，但这次却关了门，门上贴个字条："今天开会不营业。"里边声音嘈杂，吵架似的。——马路这边的铺子小，卖鱼卖肉的瓷板上光光的，一无所有，菜也没有，营业员都聚在一堆议论，我问，她们也不理，自顾自的议论纷纷。

我回到家中，也感到异样，妈妈在画室里收画。

"爸爸还没有画完呢……"妈妈也不理，自顾自的收画，把书架上的照片也收了。

电话铃响了，妈妈急急忙忙走在我前边，她自己去接："哦，知道了，姨妈这几天就回去，你不必管了……爸爸一早走的，没有回来……"听出是大哥来的电话。

《女神》

　　今天清早，我给电话铃吵醒了，那是找爸爸的，爸爸没用早点就走了，——发生了什么事呢？

　　我去厨房，水壶沸得冒白气，没人管，我推开姨妈的房门，她正在收拾东西呢。

　　"您别走，为什么您要走？"

　　"我回去看看再来……"

　　"别走，您别走……"

　　"达达呢？"妈妈进来问我，勃跟在她身后，向我点点头。

　　勃带来的消息，真是令人吃惊，他说："今天下午开大会，斗争我们的校长。"

　　"为什么？你们校长不是长征干部吗？不是北京市最好的校长吗？……"以前，达达和勃，提起他们的校长，都自豪得了不得。

　　勃似乎没听见我问的话，只放低声音对妈妈说："下午两点，告诉达达，一定要去！"

　　黑妞饿了，喵喵的叫，我也饿了，但是妈妈和姨妈，只是忙，看也不看我，根本不管我们。

　　达达到下午一点钟才奔回来，提了半截带鱼，妈妈对他讲了勃的通知，他顾不得和我说什么，只把鱼递给我，转身就走了。

我把鱼挂在厨房门口的钉子上。

黑妞还在喵喵的叫，我在床头的小匣里，找到几块碎饼干，我一边吃，一边喂她，但是她不吃饼干，只是喵喵的叫……

夜里，爸爸没有回来，达达也没有回来。

我在睡梦中，听到大哥的声音，他在和妈妈讲话，我听不清说的什么，忽然，听到妈妈嗓音一下子提高了问："把你们的校长和教授的脸上涂上油漆？"

"给他们涂上红的和绿的油漆，江青拍手喊好，她说：'这是革命行动，好得很！'"——妈妈发现我醒了，就熄了灯，他们到隔壁画室去了。

姨妈要走了，大哥给买了早上八点钟的票，在五点，我们就都起床了，她们忙进忙出，我也跟着忙，黑妞也在脚边乱窜，她也忙。

忽然，有人大声敲门，我奔去开门一看，有两个大汉，都咧开嘴笑着，他们一直往里走，一边问我："你哥呢？"——大哥从房间一出来，似乎就看明白了，妈妈也似乎明白了，他们对客人一言不发，那两个笑着的人说：

"走，回学校去……"大哥穿上外衣，打先就走。

妈妈默默的放下阳台的帘子，向外看。我也挨过去张望，只见马路边停了一部上海牌灰小车，他们三个上去，就开走了。

姨妈走的时候，妈妈决定自己送。

"你在家，你跟黑猫玩吧……"

"钥匙呢？"

"不用锁门了，——星星，你想出去玩，就出去好了。"我在阳台上看着，她们拿着大包小包，很多的东西，真是费劲极了。

姨妈最爱我，她给我煮了三个鸡蛋——剩下的三个鸡蛋，全煮了给我吃。

我在客厅里的大沙发上坐下，一边剥鸡蛋，一边对黑妞说，我吃蛋白，蛋黄给你吃，黑妞爬在我膝上坐着，舔着舌头，看我剥鸡蛋。

真高兴，达达回来了，更使我高兴的是，他穿了一身新军衣，好像变成真正的大人了，臂上有红袖章，三个黄色大字"红卫兵"。勃也同样打扮，但两人的精神都不好，很疲劳的样子，肯定一夜没睡，他们性格也变了，不那么高谈阔论，也不笑，对黑妞看都不看了。

"妈妈呢？"达达干巴巴的问了这么一句。

"送姨妈去了，姨妈今早回上海。"我以为他一定惊呼起来，问我一百个为什么——但他只瞧瞧勃，就去倒水喝。

"送你们的军装，能给我一个红卫兵袖章吗？"我有些纳罕，也有些羡慕，我真想当上个红卫兵。这几天，在街上，汽车上，小店里，都可以看到有红袖章的人，他们真是神气极了！

"红卫兵也有好有坏，——情况很复杂，星星，你不是小孩子了，现在，你要像个战士那样，你要随时准备应付一切意外的变化……"

"什么变化？——妈妈会管……"

"如果只剩你一个人呢？要学会一个人怎么办。你必须什么都想到，情况在不断变化……"

"不管发生什么事，你都要冷静，都要用思想来对付，记住，什么情况下都别慌，都别害怕。"

"我什么也不怕！"

"你还什么都没经历过呢！"勃对达达点点头，走近我身边说，"昨天夜里两点钟，我们的校长在操场上给打死了，也是红卫兵……"

我身上一冷，说不出话来。

达达脸色苍白，从书包里拿出一个小本子。又在衣袋里掏出他那个破旧的黑皮钱包，他把这两件东西给我，一边说："记住，什么事都可能发生，什么可怕的事，都要处之泰然，要非常非常的冷静。尼采说过，像走钢丝，在两个山峰之间走钢丝——要有超人的勇气与智慧……"

达达是个尼采迷，——我翻翻他的小本子，上边有姨妈上海的地址，和尼采、鲁迅的一些短句，钱包里有八九元钱。

黑妞喜欢人多，达达一回来，她就高兴，她在我们中间转圈，一忽儿扑过来抱抱腿，一忽儿跳上沙发，一忽儿爬到书架顶上……

"猫怎么办？"勃问。

"猫要送走……"

"为什么？为什么要送走黑妞？"我大惊。

"你骑车，你帮我送一下吧？"达达对勃说。

"可以……"

我把黑妞抱住，往厨房走，我心里乱极了。不知怎么办，只是大声抗议："黑妞是我的，谁也不能送她走，为什么送黑妞？"我真要哭了。

达达更快的跑进厨房，找了一个钱匣，把那半截鱼煮上。

"还带鱼？"勃问。

"这鱼是给她买的，我跑了半个北京，才弄到这半条鱼，——到了荒郊野地，没吃的……也是尽尽心而已，希望她能活下去……"

达达又找到一个布口袋——勃下楼修车子去了。

达达盯住我半天，低声重重的对我说："我们送她走是为了留她一条命！——你知道吗？在勃的胡同里，有一家的猫给吊死了，吊在那家的门环上，太惨了！也是几个红卫兵干的，他们什么都干得出来……"

"那么，你——你别当红卫兵吧……"

"不当也不行，不当更危险，这也是一种策略，星星，记住，叫你大胆，勇敢，可不是要你去跟人家硬拼，不是许褚赤膊上阵——当然，非常艰难，但是，咱们站在正义的一边，正义必胜！"

达达很细心，他把鱼拌在饭里，装在一个硬纸匣中，放入布袋，抱起黑妞就去了，——走到半楼梯，他又转回来嘱咐我："要做一个机智勇敢的人，敌人是狡猾，下流，变化多端而又狠毒透顶，鲁迅怎么说：要韧性战，要壕堑战，要像孙悟空那样……”

"你去哪里？"

"我也许就回来，我也许去得很远……星星，记得大哥与咱们常唱的那支歌吧——美好时光，就将到来……"他决心走了，轻轻唱着，下楼而去……

我走进爸爸的画室，画室显得空洞而凄凉，看惯的画没有了，那张小羊和向日葵还没有画完。

书桌的台历上，说明今天是1966年8月20日，我在白卡上记下："送走黑妞。"我又把"送走"两个字涂去，担心给什么红卫兵来发现了，查问个没完。后来，把黑妞两字也涂去了，在1966年8月20日的卡片上，就留下四个墨水团团了，——我又翻到1966年7月20日那天的卡片，上边有达达写的"黑妞入户"四个字，我想了想，也把它涂去了。

我走到阳台上，马路中人来人往，也有红卫兵，——达达和勃早已走远了吧，我四顾茫茫。

黑妞，你在哪儿呢？

怀念与夙愿

王蒙

写起小说来兴致勃勃，忆起往事来心潮涌涌，追起老底来有还下陈年老账的解脱和安慰，抒起情来好像年轻了六十岁，较真起来像查账本，幻想起来像梦像仙神，终于写了念念不忘的陈姐。难写，因为知之太少，必须写，因为刻骨铭心，还因为我深感她的与众不同，超凡脱俗。写这样的小说是对我自身的严重挑战。小说里还有一个人物就是俺个人，就叫王蒙，除了写《女神》，哪儿还能找得着这样的高龄少年的书写来情绪？

这样的小说的要劲在于非虚构得在在心动，虚构得明白真挚，牵挂得难舍难分，思忖得不露痕迹，没有小说的纂劲编劲，更没有纪实的报章气。唯愿结实得天马行空，自由得老老实实，轻盈得泰山磐石，板上钉钉，肋上插刃。感谢上苍，我仍然在尝试着新的追求，我在成长到死——这四个字逜自文友毕淑敏。

后来我看到了陈姐"文革"中给其夫张仃大师的信，她称呼夫君为"拜兄"，有意思。她写道："……给予了远比九九八十一难更多的锻炼……我们应当快乐健康，站得高高的，不只在智能上，而且在体质上，而且在情绪上，都大大的不同……"

她写道："回过头来看看，不是有好几次差点失足落井吗！坏事真是好事，对于呆子来说，百试百验。"

还有："有月亮了，如稀薄的花色点在生宣上……我们明白了，她本不想出来，然而她得给我把信捎到，这么带病而出……于是我就对她说，请她转告我的孩子，我们极好，说不久咱们一定欢聚了。"

还有："数风流人物还看今朝，我的孩子们是何等纯朴高逸啊。"

这是布文在"文革"中写的信，其时她与丈夫、孩子各在一方，她的文字里有坚强，有渐趋老练，有自信，有乐观，有月光清雅，更有纯朴高逸。多么难能！

她该有多积极正向！她从未消极委顿，她绝无颓丧虚无，而她的选择又那样出人意料乃至匪夷所思。她无愧于己于人于伟大的历史。

北京话里神是神仙，口语上更是与众不同、出人意表、即神奇之意。

多么幸福啊，我能在有生之年再次怀念一心献身的老一辈革命者，并且为轰轰烈烈地开端、历尽历史风雨、坚守初衷、纯洁无瑕却在俗人眼中终于未成正果的一些革命的知识分子营造一个小小的纪念碑，还要为历史从心里树一个大大的丰碑。

我为自己建立了一座非人工的纪念碑，

在人们走向那儿的路径上，青草不再生长，

它抬起那颗不肯屈服的头颅，

高耸在亚历山大的纪念石柱之上。

不，我不会完全死亡……

我想起了普希金的诗《纪念碑》。

感谢九死一生的张郎郎先生，是他帮助我支持我写下了他神异的母亲：陈布文老师。感谢张寥寥先生，他们都支持我与四川文艺出版社合作出版了与他们的母亲的在天之灵合作的这本书。

附录一

母亲的字

张郎郎

我母亲一笔好字，小时候我就知道。

我在育才小学上学的时候，学校要求每个孩子都要在衣服、裤子甚至帽子上用针线缝上一个名字。因为学校那会儿是供给制，学校发给大家的服装都一模一样。如果不缝上名字，送去洗衣房，就分不清哪件是谁的了。

我从小就笨手笨脚，怎么也绣不出个像样的字来，只得把衣服拿回家。可是家里的阿姨和我大姨都不识字，于是只好拿给妈妈。那天她正在写信，她笑了笑说：这得绣到哪年。说着就顺手用毛笔在我衣服的一角写上：三年四班张郎郎。

她写的速度很快，不一会儿就把我所有衣物都写上了我的名字，包括我的帽子里。我咕咕哝哝说：这毛笔字一洗不都掉了吗？妈妈说：不一定，如果颜色浅了，你拿回来我再给你写。没想到妈妈蒙对了，这些名字还真洗不掉。许多同学用线缝的名字洗来洗去都难以辨认了，我衣服上的毛笔字依然清晰可见。

周末，我去天桥看变戏法，我坐在第一排的板凳上。变戏法的老者，问我借帽子用用，我就给他了。他用我的帽子当道具变手彩戏法，不断从我帽子里拿出来鸡蛋、绒花等等，最后还拿出了一只鸽子。人们纷纷喝彩。老者又对众人说："这手彩你们都看过，这不新鲜，我今天来个新鲜的！"

人们都屏住呼吸，看他会有什么新花样。老者对我说，你的帽子里有这么多东西你怎么一点儿都不知道呢？人们哄堂大笑，我知道他是拿我开心，也就默不作声。老者接着说：你是育才小学的吧？我点点头。老者闭着眼摇头晃脑，说："让我来猜猜，嗯，有了！你是三年四班的张郎郎同学，对不对？"人们都看着我，我说："您够神的，说对了！"于是，人们纷纷鼓掌喝彩，我都傻了。老者用手势让人们静了下来，说："我和大家开个玩笑，我哪儿有那个本事呀？这学生的帽子里写得清清楚楚。"说着把帽子翻过来，又是一个哄堂大笑！老者把帽子还给我，一边道歉一边说，这字写得还真漂亮！

我心想：妈妈的字漂亮由来已久，还用你说！

我妈妈的字从小就好，毛笔字在学校里出名。大字小字都自成一格。

她给林语堂先生主编的《论语》《太白》《人间世》等杂志投稿时，抄写得工整、清楚，我小时候在武进县姥姥家里见过母亲当年抄写的稿件。估计是她抄了不止一遍，所以家里才会有存稿。那时候她被编辑部的人们误以为是位中年男性作者，因为她的写作风格幽默、含蓄，甚至老辣。字体虽然秀丽，但内涵刚直老道。谁也没有想到，这是一个中学里的少女写来的稿子。

母亲十九岁和父亲一起去了延安。据说因为她在国统区已经是小有名气的作家，于是就直接参加工作，就在"文抗"（陕甘宁边区文艺界抗敌联合会）工作。爸爸的老乡萧军也在文抗工作，他就是那时他们的老大哥。母亲和丁玲、李又然、李纳等是谈得来的朋友。他们之间的书信来往，母亲是用毛笔。那时候没有圆珠笔，自来水钢笔是奢侈品，用毛笔显得朴实、郑重。

母亲二十多岁就随军去了东北，给《东北日报》当记者或给首长当秘书，一杆毛笔、一个墨盒就是她在战争年代的武器。那时候她的才能被人重视与否，我们不得而知。她书写迅速、清楚、漂亮已经名声远扬了。

因此她刚刚三十岁为建国进北京，就被中南海录用了。做文字、抄写、著录等秘书工作。如果她没有这一笔好字，也许不会有这个机会。

她三十几岁退出中南海，先当中学教师，后来就成为自由职业者。五十年代起先是《新观察》的特约记者，写了许多报道，后来也给《人民文学》写了小说。六十年代给儿童剧院写了剧本《害群之马》（未上演），给木偶剧团写剧本《黑风洞》，这个戏上演了，爸爸为这个戏做了舞台设计和人物造型。七十年代末八十年代初她也给香港《大公报》写稿。稿子也都是用毛笔抄写，似乎成了她的特有名片。

这些年来，她喜欢写信。用毛笔最多，后来年纪大了，有时为了省事她也偶尔用圆珠笔写些信函。不过，如果稍微郑重一些的，她还是用毛笔。所以许多朋友，手里都有她的毛笔信函。

如果不是王蒙先生写这篇小说，很少会有人想起她和她的字。

因为有了《女神》破空而出，让我们——陈布文先生的子女、学生和朋友，都情不自禁地开始搜寻她留下来的片言只字、信函书信，希望从那些潇洒豪放的墨迹中对她无比高贵的灵魂管窥一星半点。

人生苦短，如流星划过，不知她的那些字迹会不会留下片刻闪烁。

母亲与"曹雪芹故居遗址"

张寥寥

香山，在北京尽西，五十年前尚未列入十大景区，称为"静宜园"。这座山坐西朝东，北侧紧邻碧云寺、卧佛寺，南端就往八大处去了。面对着"鬼见愁"有一个团城，团城之后是玉泉山、颐和园。这个团城当年是清八旗的总营，大概就是"司令部"的意思。既然是重要之地，设防也就警惕加倍，日夜清兵巡逻，晚上还有绕城敲梆子的。听说有个敲梆子打更的，晚上敲一夜梆子，上午睡觉，下午酌酒写书，书写了一多半，他就夭折了，书名是《石头记》。

这团城西北侧有个山神庙，据考曹雪芹曾经常在这里躲风雨。这个小庙门朝南开，从西窗看出去，百十丈外，是一座古刹，五十年前把这座古刹改建为"香山中心小学"。

那会儿我在这个小学念书。春末的下午，太阳还在西

172

山的肩上燃烧，石峪的谷地还散发热气。我放学回家，远远看见母亲撑着伞的身影，她在路口等我。她说："我看刚好是你放学的时候，如果没有什么作业就去卧佛寺的路上走走，据说发现了一处曹雪芹故居，不管它是什么故事，咱们去长长学问吧。"

我当然很兴奋。下了南坡就是汽车站，再从路北的商店后的一条石子路，斜向近道去卧佛寺。直走得汗流浃背，才到了南北官道的豁子，东边大约二里地外，停着此地不常见的高级轿车四五部。

再往前行，可见到两平方尺大的手写路牌"曹雪芹故居遗址"。在它之后数丈，正有十来人握手道别。待到汽车轰响着离开，那送客的人转身回去，要关门了，我们走上前去，母亲问："对不起，我恐怕是来迟了吧？"那位四五十岁的乡绅忙说了几个"不晚、不晚""请进、请进"。

我随在母亲身后进了这座小院子。那位院主人说："——不敢妄问，您——""啊，"母亲点了点头说，"我姓陈，是一个教员，这是我的孩子。"

院主立在院中，手里还拿着一折扇，指着这五坪的场地说："这就是当年他著书之地，是不是看着太小

173

了些？"

　　其实是特小，可房子倒是青砖青瓦，虽然不新，但比我们住的"买卖街"的房，还是显得太鲜亮了。北房不足八平米，窗户是老式木格子，糊了些棉连纸，显然是新做的。抬头朝房后望去，是卧佛寺后的大山。东西两侧厢房，看上去清静整齐。虽然都摆着老红木家什，可这一带的住家差不多都是这样。至于西厢房内的文房四宝，看不出是什么年代的。

　　这位院主舒先生的来历，据说是在西山卧佛寺东南的白家疃的一位退休教师，刷墙时墙皮剥落，显现出原先的老墙，上面竟有抄录的《红楼十二支曲》。这可惊动了文化界，一时间，车水马龙，门庭若市，几位知名的红学家也相继造访，并各在文化刊物上写有品评文字。

　　舒先生把我们让进东屋，还没坐下，他已经提起暖壶，烫起杯子来，嘴里说着："您看，我这里只有花茶，只当是解解渴吧——昨天，吴老吴恩裕先生来，说您今天或明天可能会来……"

　　母亲本来可能要谢他免了茶水，可那水已经沏上了，只好就再坐一坐。

　　"您不知道，这几天来的客人太多，今儿个——"

他止住口，大声对窗外说，"把大门关上，今儿个谢客了。"

"这，我这儿又不是——咳，现在人太多，人传人，连什么是《石头记》都不知道，也急着要来看这'遗址'，不是折腾人吗？"

"那墙上题的诗，"母亲说，"怎么同是'秋月菊花吟'中的诗，可后面一首却是四十年后续的呢？我是说后边那首《傲菊》是一百多回中高鹗续写的。"

"这……这个？"舒先生有些踌躇，手中茶杯的水都洒到地上了，"这个……正在研究，正在研究，具体是怎么回事……"他缓了一下自己的情绪，"都有可能，太有可能了。您想想，那个年代，实在是兵荒马乱，而且民不聊生，到底这房子都是谁住过、谁来过，都有待高人来细致精查……"

"可是，高鹗，"母亲喝了口茶，"他在续写后四十回，改《石头记》为《红楼梦》时，那是他在卸任归田后，在青龙桥写的啊，那是曹霑（雪芹）逝后四十年。"

"正在研究，正在研究中。"舒先生既很快又很决断地说，"还远不止这些呢，还有，很多疑点，需要再论证才行，确实是很必要的。"

曹雪芹像（张仃作于 1963 年，现存老舍纪念馆）

　　不论谁说"是"与"否"的观点，只是说说自家的看法。而这位舒先生，他有其自己的"家谱"为证，他是敦诚的嫡孙，在"红学"支持者的赞助下，立这个院落为"曹雪芹纪念馆"。内有一些扇子之类，虽然确实是清代的，但和曹雪芹有什么关系，也只能由持有者来解释了。

　　舒先生以茶待客，他说："前些天周汝昌先生来过了，拍了照片，还借去一把扇子，说是有了'新'证之后，再说。"不一会儿，又看了电话簿说："吴恩裕先生明天还要再来，他今天还在'红学研究会'……讨论……再研究……"

舒先生是敦诚之后裔这件事，实在蹊跷。

敦诚是"正白旗"的纨绔，实在是吃喝玩乐、吹拉弹唱、提鸟架鹰之辈。其名之所以能留到今天，全是因为他和胞兄敦敏，在春暖之时去西山狩猎，路经兰靛厂官道时，见行人匆匆，一问，才知道是去听书，说的是南京城里的一段儿女情。敦敏和敦诚虽是武生，可是精通"四书""五经"，熟读《三国》《水浒》，很奇怪怎么会有这么多人要听什么《石头记》！自思：哪儿来的什么新段子，这样招人呢？于是他们回马随着人流去听书。

在书场上听了一回书，众乡人都把铜板抛上台，而敦诚放在台沿上一锭银子，那说书的吃了一惊。众人散去，说书人忙上前作揖打躬，问候再三。敦诚说：一同吃顿便饭如何？说书的一连说着：不敢、不敢，一路掸土拂尘地随着二位进了路边的一座酒肆。

席间，敦诚就问这说书的：这《石头记》共有多少章回？怎么个开头结尾？……说书的说：有八十一回，可他只能说到十六回，因为下边的段子还没取来呢。再问：到哪儿去取段子。说书的说：是到团城的一个打更的更夫那儿去取，有时一个月能有一回新的，有时要长久些也未可知。……

再放学回家时，母亲说："明天上午，咱们去北坡，看看老徐是不是还在闲着。他们沸沸扬扬地说那是曹雪芹写书的房子，已经说得跟真事一样。这种奇事，恐怕也有些他们的根据。咱们去看看有什么确凿的东西没有。这些年来'索隐派'、'经典派'都把《红楼梦》考证到这香山一带，恐怕也有一定的理由。几年前，文联在香山开会，沈从文先生就说过：樱桃沟泉眼的那块'一拳石'就是曹雪芹当时写的'无才去补天'的那块石头。……咱们去看看他们怎么讲吧。"

这可有的玩儿了。一早就吃过饭往外跑。后房下坡一里路就要涉沟了。那片水有三四寸深，两丈宽，碧清山泉，源于碧云寺背后的山谷深处。踏石过溪之后，就要上十数丈高的坡，坡上即是山石围砌的一所大院落。这院子，当年不知是什么乡绅所建，有二十几间瓦房，三四十棵大树，住着五六户居民（多为香山公园职工），徐琛就住在这个院子的西前角一间约有四坪的小屋，屋里除了床、被、褥子，全部家当为柴、米、盐、水，炉子放在门外。

"哈！寥寥来啦！"徐琛见到我的高兴劲儿是真的，他十天半个月的，连个说句话的人也没有。

我问他："那曹雪芹在团城打更，住在小山神庙里写书，可有其事？"

"那当然是真的，你母亲比我还清楚。这团城就是当时的八旗驻军司令部，陈先生，我可以这么说吧？"

母亲点点头说："准确地说，应该叫'教演场'，每年清朝皇帝西游到这里，是要检阅他的禁卫军的，平时这里大概就是你说的'司令部'了。"

"您说，那位舒先生能是敦诚的后裔吗？"

徐琛说他去跟那位舒先生聊过。当时，他对那位舒先生说："这石头，——那'一拳石'不是这一块，那块石头在樱桃沟泉眼那儿呢。"

舒先生说："没错！徐老先生，樱桃沟那块和这块是一块石头！从天上掉下来的时候，一半落在那边儿，一半落在这边儿了。吴恩裕老先生推断，这块石头更靠谱。"

"是吗？"徐琛成心逗咳嗽，"他有这话？我赶明儿回去，得和他把这事儿料料定，这茬儿咱得抻着。"

舒："……这个……您这话说的……"

徐："我是说，这块石头要说是曹霑在团城打更时被

179

他相中的那块，也不是说不过去。只是些微的牵强一点儿，因为樱桃沟的那块石头，上面有字。"

舒："这块无字的，才是正宗。泉眼那块有字的，是五十年前镶红旗的几个纨主，攒钱找了俩墓工刻上去的，这边儿的老人儿都明戏。"

这种争论，原是没有结果，但这位舒先生已经把这大发现，由地方报到市里去审批了。

徐琛点着了烟说："这位舒先生把这事儿做大发，也就是把它弄假成真。"

可我还是不明白："那你看这事儿真不真？"

"瞎掰。你不知道，当年刚进北京城时，一个是李大钊的旧居，一个是鲁迅先生的旧居，每人都有十几处，哪儿的市民都说他们那处房才是真的。鲁迅先生的还好办，有萧军什么的学者可以做证。这李大钊的就麻烦，到现在，只知道他是被绞死的，埋在'万安公墓'，家到底在哪儿，不知道，太多啦，光是阜外大街就有三处，出西直门那就更多了。其实，也没准儿都是，谁在北京城住了那么些年，总在一处住着，更别说是北京大学的教授了。可问题是：找它干吗呢？从《石头记》到曹雪芹的八十一回之后，究竟是谁续写的这后四十回至今都是未知。"

我妈说："我们政府现在非要查出谁是高鹗，敦诚、敦敏又是怎么回事，其实——实在是无聊，是一种没有意思的学问，你不喜欢高鹗，就只去读八十一回的好了。"

徐琛冲我点头说："你母亲的看法是正宗，查一个水落石出，《红楼梦》不也还是《红楼梦》？"

喝了一通茶，我们起身辞行。他把我们送出大门，告诉我说："最近我们这儿又要放电影了，等我有了准信儿，就告诉你。"

这样，我抽空又能跑到"故居"去张望了。

给陈乔乔的一封信

陈布文

乔儿:

收到信与照片，阮波女士带的小东西也收到了。你走后，薇薇的小吃没断过，总有大量存货。因为过年，我们又给。水果也未断过，比起你们小时候来，她是很开心了……

薇薇的功课很好，总得100分，得功课好的奖状。

她个性强，自己有主见，不听别人的话，可能是个劳碌命。将来独行天下，当女强人。作为女儿或别的，不合适。如果你与她一同生活，会感到不容易。太累，太心烦……

为了你可以过几天愉快的日子，我们尽量帮你带孩子。

亲爱的孩子，人生多么可怜。每个人，能得几天快乐呢？你目前的情况，可以穿自己爱穿的，吃自己爱吃的，环境清静。只要有钱，什么都可以买到。也可以到处去玩。——这就是好得很了。你在此，这些都无法办到。

（昨天我上街买菜，自选市场，也什么菜全没有。累了半天，回家只买了两条黄瓜，6毛5。你可感到其贵了吧，幸好鸡蛋还有，天天以鸡蛋充数……）

对于我们，你只管放心。我们总努力维持好生活。

你自己，心要冷静。分析要科学。关于服饰，一件衣，一个夹子，不管大小，要购买顶好的，上等的货，不必管价目。——因为，在那种社会，只重衣衫不重人。千万不必在衣饰上省。头发可上店去染，不必怕贵。你不可以自己弄，一定要上发型屋去做。贵也行，按时去，何必省钱？万一，无钱，还可以回来，回来吃大锅饭好了。

千万千万别省钱，为将来，为孩子等等。我已作例，我当年希望的事，一概取消。等到现在，我可以有条件办了，我已不能或不想要了。比方，服饰，旅游。（现在，我穿旧衣服，都是够了。打扮干什么？此地无社交，而且我是老太太了。对于出门，一步也不想动。无精力，所以也无兴趣了。可叹，可叹之至，你要警惕啊！）

从照片看，你的服饰，还是很简单朴素。——当然要有选择，有标准。但，不必找便宜的，要上等的……

总之，我们只希望你过一阵快乐的、美好的、人的、

《女神》

有情趣的生活……

大伟已结婚。他的性情与风格，很不容易与人相处。小春既然一切服从，那也好，生活是二人的事……

郎郎此次到京，已十几天。尚未回过家，电话中说，他很忙。希望他能安排自己的劳逸。寥寥与沛沛也在帮他，经济上也有收入。工作似乎尚佳。沛沛是半天班，寥寥是留职停薪，全天在郎郎处。双子、华华等，都有高收入，都很好，都忙极了。

我告诉你没有？孃孃已与咱们永别了，是1985年2月22日吧！祝她在天之灵安乐。

咱们在世之人都安乐！

布文

5.8.

附录二

陈布文传略

赵 昔

陈布文一九二〇年生于江苏常州的农村。女师毕业，十六岁发表文章。自始即显露出与众不同的文风——隽永，深邃，韵味耐寻。

一九三七年和青年画家张仃结识，互慕才华，遂结为终身伴侣。

一九三八年到延安，从事鲁迅研究工作，颇能领悟鲁迅先生之精髓，致使其做人态度、文章风格、精神气质都浸透着鲁迅精神。

一九四五年以后，先后在张家口、哈尔滨、沈阳、北京从事教育工作。一片丹心，满腔热忱倾注于教书育人之中。备受学生爱戴，被誉为特级教师。终因兼职过多，积劳成疾，卧床八月有余。自以为生病期间，理应不取酬劳，不料此高尚之举，竟酿成一个说不清的误会。时间拖得越久，就越难以说清。直至一瞑不视之日。可见古往今来，中国文人不谐世俗者大有人在。

布文秉性刚直，洁身自好，虽遭此误会，绝不屑于争辩，因其深知造成误会犹如举手之易，而消除误会需用搬山之功。后虽几经亲朋劝导，才勉强投书一封，说明事实原委。此纯属难却亲朋盛情之举，绝无寄希望于万一之心。加之布文对功名利禄视若尘芥，所以对此事早已置之度外。直至一九八五年卧床不起之日，仍心平如镜，以做一名洁净无疵的百姓而泰然。

布文一生对物质需求甚微，晚年常以布衣素食为乐。而对精神食粮之需求却从不放松，有时近似贪婪。她博览群书，对儒、道、佛全面涉猎，对世界文豪之巨著也无一不浏览，甚得诸家要领。可谓学识渊博，通晓中西，见地超群，然而，鲜为人知。不争不怨，自得其乐。子曰："人不知而不愠，不亦君子乎？"

布文生为江南才女，外貌雍容端秀，而其内心坚韧桀骜，且豁然通达。境界高出同辈，对人生世事皆能居高俯视；对世俗尘杂都了了清晰。十年浩劫，爱子被迫害身陷囹圄，生命处于千钧一发之际。是日，布文独坐厨房，静视窗外天空，一语不发，直至黄昏。友人归来告之真情，才深深地叹出一口气。这一声长叹，凝铸着天下慈母之情，凝铸着优秀人类的坚韧、愤恨和蔑视；更凝铸着她的学识、修养和品格。这是一个升华了的灵魂的叹息，它震撼着正直人们的心灵。

一九七六年以后，云散日出。经过严酷冶炼的布文，精神达到一个相当的高度，越显得透悟通达。言辞中，激昂之辞日渐减少；哲理之言，日渐精辟。与之交谈，胜于读书。然而伊之健康也随之逝去。虽精神矍铄，然体力日衰。至一九八五年十二月八日凌晨四时，心力交瘁，平静安详地辞去了人生。

布文的一生，不是如火如荼，也不载入史册。然而，她是同辈人中的杰出者，其纯净高洁，犹如翱翔在晴空中的一只白鹤；其品德，修养，才华，学识，将永远深深地留在亲人挚友的记忆中。

注：赵昔，陈布文先生多年的朋友和邻居，教育工作者，丈夫是著名艺术家吴劳。